시로 읽는 무등산

오늘, 우리들의 무등은

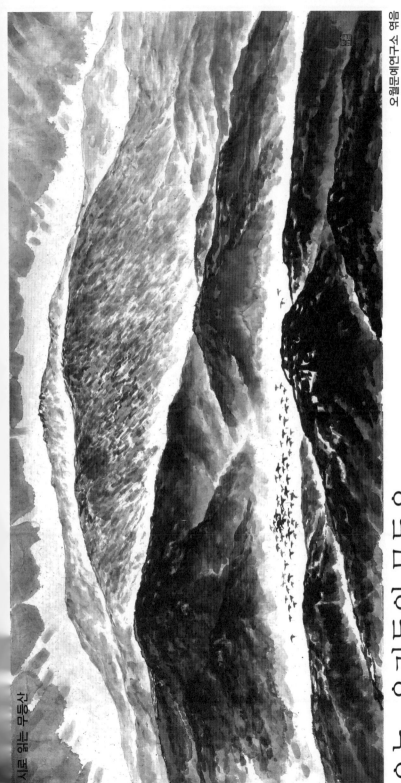

문학들

오월문예연구소 엮음

시로 읽는 무등산

오늘, 우리들의 무등

시로 읽는 무등의 근현대사

언제부터랄 것도 없었다. 조출의 일 나가는 길에 눈에 띄고, 이마의 땀방울 훔치는 일터귀퉁이의 쉴 참 때엔 바라보이고, 야간 연장 근로 마치고 술 늦은 귀갓길에 문득 고개 쳐들면 고적한 달빛에 우러러서 면산 하듯 했다. 우리가 매일 같이, 우리의 생활과 같이 바라보는 산색이지만, 어제 우뚝 솟은 산색은 이울고 오늘은 또 다른 산색이 솟아오르듯이, 사방팔방 십 팔방, 어디서든 고갤 쳐들면 신기루와 같이 우뚝 솟은 산색이 빛처럼 눈 안 가득 차올랐다. 삼투하듯 육추의 장끼나 수원지의 수달이 길 잃고 헤매듯 산복도로를 가로지르는 동안, 산장 종점으로 가는 시내버스 잠깐 멈추고, 멈춘 차량 뒤꽁무니에다 대고 쌍스런 경적 같은 건 울리지도 않는, 그저 머루빛 눈망울을 치켜뜬 수달같이, 길게 기다려주는 운전자에게 결례를 면례 하듯 잠깐 쳐다보는 산자락 아래, 본적을 둔 사람들은 이사 가듯 이감 가듯 출장 가듯 언제 어딜 가든 눈동자와 가슴에다 그들먹하게 짐 싸듯 산 하나를 품고 가는 습속이 배였다. 출타에서 돌아와서도 그 산을 보고서야 비로소 집안에 든 듯이 맘이 턱 놓였다.

그게 바로 무등산이었다. 한국 근대현사의 아픔을 고스란히 간직

하고 있는 광주의 진산이고 덕산이었다. 멀게는 일제강점기와 분단 그리고 6·25동족상잔에서부터 가깝게는 군부독재와 5월 항쟁에 이르기까지 그 간난고초의 역사가 골짜기마다 굽이굽이 서려 있다. 의재 허백련, 화가 오지호, 오방 최흥종, 삼애다원, 해방 직후의 화순탄 광사건, 6·25와 빨치산, 무등산 타잔 박흥숙, 5월 항쟁과 주남마을, 이철규와 제4수원지, 천왕봉과 군부대 등등. 이처럼 구전이나 기록을 통해 익히 알려진 사실들은 물론 아직 밝혀지지 않은 사연일지라도 그것이 무등산이 품고 있는 우리 근현대사의 한 굽이 한 자락이었다. 올라도 올라도, 다 못 오르는 산이며 두 팔 벌려 안아도 안아도, 끝끝내 다 안을 수 없는 산이지만 무등, 그것 하나로, 여러 시인들의 다양한 시적 감성으로 생성된 '시로 읽는 무등산'은 지금껏 구전과 사료로 접한 역사와는 확연히 다른 문학적 감흥과 역사적 가치를 독자들에게 안겨줄 것으로 기대한다.

2021년 12월
오월문예연구소

자연의 순리와 인간의 논리

정규철

예나 제나 무등산은 산짐승만을 포용하지는 않았다. 산토끼나 까 투리 말고도 구진포 장어와 몽탄강 참숭어를 품에 안아 길렀다. 어디 그뿐인가. 무등, 산물을 받은 동복호가 고기 반 물 반이라고 하지 않 던가. 극락강가 버드나무 타고 놀던 가물치는 초동의 발짝 소리에 놀 라 튀고, 잉어나 쏘가리는 하천을 거슬러 오르다가 원효 계곡에서 풍 류를 즐기던 임석천과 정송강을 보면 추파를 던지기도 했다. 피라미 나 자가사리는 아예 숨을 죽이고 갈대숲 마른 줄기를 붙들고 통사정 할 수밖에 없었다. 또 영산강 하구河口둑인가 개뻘인가 생기기 전까 지만 해도 무등산은 산짐승이나 사제무司祭巫들뿐 아니라 물고기의 서식처였다. 산새 우짖고 여우와 호랑이가 공생했을 법도 하다. 아무 나 범접할 수 없었던 무등의 위용이 가히 어떠했던가는 상상되고도 남는다. 무등산 호랑이가 사방 천 리를 호령했다고 생각해 보라. 저 절로 힘이 솟고 거침없이 남북을 오갈 것 같지 않은가.

비호飛虎라니! 백아산·모후산·조계산·금성산·불갑산 정도는 다람 쥐나 오소리·노루들의 놀이터로 내주고, 속인들 눈에 띄지 않게 으 슥한 밤이면 백여 리를 날면서 탐진耽津에서 한라로 건너뛰기도 하 고 백운산에서 포효하면 현해탄이 쿵쾅거렸겠다. 섬진강 맑은 물에 노닐던 은어를 보면서 차마 갈증을 풀지 않는 산중왕山中王의 금도는 지리산 기슭 평사리에 이르면 사뭇 달라졌다. 어쩌다가 헛것 보고 짖어대는 황구라도 만나면 감식甘食한 후에야 새벽녘 귀갓길의 허전함을 달랬을 것 같다. 광활한 평야와 산천에 동식물이 자라고 뛰놀던 무등의 호남벌은 그야말로 천군만마였다. 장보고의 야심만만함이 좋았고, 녹두장군의 불굴의 의지가 삼남을 뒤흔들고 멀리 북만주 대륙으로 메아리쳐 갔다. 밀고 밀리고 맞받아쳤다. 지금은 영산포의 뱃고동 소리도 사라진 지 오래지만 멸치젓 비린내가 일구어낸 영산강 유역의 생활사가 발칸반도의 그리스 문화에 견줄 만하다. 또 신안 앞바다에서 건져 올린 청자! 청자 소식은 어떠한가, 오늘을 살아가는 세대로 하여금 아득한 향수에 젖게 한다. 청자는 고려의 무인 정권 아래서 강진의 도공들이 구워낸 것이 한국 도자 문화의 진수이다. 높은 이상에 살려는 역사의식의 발현이며 우리 겨레의 가슴 속에 감춰 둔 신비한 세계의 일부이기도 하다. 무단 통치 시대였을망정 도공들은 한눈팔지 않고 제 갈 길을 가고 있었던 것이다. 보물을 소중히 간직하다가 때맞추어 토해내는 걸 보면, 서해의 파고가 예사롭지 않을 조짐인가 보다. 무등 서석에서 호남 정맥을 타고 가면 조계산 아래 나철 선생을 만날 수 있다. 대종大倧 사상의 깃발을 높이 치켜들고 후지산을 내려쳤다.

자연은 가만히 놔두고 보아야 할 부분이 있는가 하면 손쓸 부분이 따로 있음을 엄격히 구별해야 한다. 이제라도 생각을 고쳐먹고 슬기롭게 방안을 찾아내는 일에 골몰해 보자. 생태계의 복원은 행복한 삶으로 가는 지름길이다. 삶의 내용이 부실하면 저질 문화 밖에 더 이상의 기대는 곤란하다. 가장 좋은 방법은 하구둑을 터버리는 일이다. 국토 면적이 좁은 네덜란드도 농민에게 주었던 땅을 도로 사들여서 물막이를 트고 있다. 미주대륙도, 또 무슨 나라들도 마찬가지다. 생태계 보존이 얼마나 중요한가를 깨달아가고 있는 본보기라 하겠다. 이난영이 나고 김우진이 살다 간 유달산 아래 사는 사람들 오염된 물을 마시게 할 수는 없지 않은가. 산에서 짐승이 쫓겨나고 강이 썩거나 마르면 그곳에 사는 사람도 겨레의 기상도 함께 죽고 만다. 21세기 인류가 지구 환경 문제에 집중하는 이유도 여기에 있다. 자연을 단순한 정복의 대상으로 여겼던 지난 세기를 반성하지 않으면 안 된다. 지구의 위기, 인간의 탐욕이자초한 일이다. 정신을 가다듬고 사방을 둘러보라. 십자가 천지인데 천국행 티켓을 구하지 못한 가난한 사람들을 원시대로 살게 가만둬야 되지 않겠는가. 밀림의 법칙은 생물의 법칙이지 사회진화론적 입장에서 힘의 논리를 전개할 것은 못 된다. 스펜서의 논리가 무위로 끝나버린 것을 방금 전에 우리들은 목

도한 바 있다. 제국주의 열강의 아시아 침략이 그것이다. 자연을 정복한답시고 생태계를 파괴하면 멀지 않은 장래에 무서운 재앙을 만나게 될 것이다.

무등산 꼭대기를 깎아서 요새를 만들어 놓은 것은 단순한 미제의 동아시아 전략일 뿐 유비무환과는 거리가 멀다. 지왕봉·천왕봉·인왕봉은 시급히 제 모습을 되찾아야 한다. 북풍한설에 생솔가지 찢어지고 시도 때도 없이 속이 울렁거리는 한반도, 설해목雪害木처럼 야위어 가는데 마냥 바라만 보고 있을 순 없지 않는가. 무등산 정상과 강화도 마니산, 태백산 정상의 천제단, 그리고 백두산 천지는 우리 겨레의 성소다. 학향 광주의 문예 중흥, 무엇이 문제인지 고민할 때이다. 원컨대 정월 초하룻날 무등산 일출을 보고 짖는 개를 나무랄 수는 없지만 재수 없이 명산에 경비견을 빙자하여 멍멍이를 잡아두려는 자들의 각성을 촉구하지 않을 수 없다.

정규철 화순 출생. 에세이스트. 현재 학여울인문학연구소 대표. 저서로 『역사의 수레를 밀며』, 『역사 앞에서』 등.

차례

제1부 무등산의 봄

제2부 무등에 올라

제3부 무등의 사람들

제4부 무등을 향하는 연가

고정희 김남주 김민우 문병란 박봉우
범대순 이성부 조태일 최하림

제1부
무등산의 봄
작고作故 시인

남도행

고정희

칠월 백중날 고향 집 떠올리며
그리운 해남으로 달려가는 길
어머니 무덤 아래 노을 보러 가는 길
태풍 셀마 앨릭스 버넌 원이 지난 길
홍수가 휩쓸고 수마가 할퀸 길

삼천리 땅끝, 적막한 물보라
남쪽으로 남쪽으로 마음을 주다가
문득 두 손 모아 절하고 싶어라
호남평야 지나며 절하고 싶어라

벼 포기 싱싱하게 흔들리는 거
논밭에 엎드린 아버지 힘줄 같아서
망초꽃 망연하게 피어 있는 거
고향 산천 서성이는 어머니 잔정 같아서

무등산 담백하게 솟아 있는 거
재두루미 경중경중 걸어가는 거
백양나무 눈부시게 반짝이는 거
오늘은 예삿일 같지 않아서

그림 같은 산과 들에 절하고 싶어라

무릎 꿇고 남도 땅에 입맞추고 싶어라

고정희 1975년 『현대시학』을 통해 등단. 시집 『누가 홀로 술틀을 밟고 있는가』, 『실락원 기행』, 『초혼제』, 『이 시대의 아벨』 등 다수. 유고시집 『모든 사라지는 것들은 뒤에 여백을 남긴다』. 대한민국문학상 수상.

무등산을 위하여

김남주

힘겨워선가
꼭두새벽부터 피어오르던 가벼운 안개도
아기봉에 잠들고 그대가 서 있다
무등산 상상봉에
보라
산은 무등산 그대가 앉으면 만산이 따라 앉고
보라
산은 무등산 그대가 일어서면 만파가 일어선다
무색해선가
이른 아침부터 솟아오르던 찬연한 태양도
구름 뒤로 숨고 그대가 서 있다
무등산 상상봉에 투쟁의 나무가

김남주 1945년 전남 해남 출생. 1974년 「창작과비평」에 시를 발표하며 등단. 시집 「진혼가」 「나의 칼 나의 피」 「조국은 하나다」 「솔직히 말하자」 「사상의 거처」 「이 좋은 세상에」. 유고 시집 「나와 함께 모든 노래가 사라진다면」.

조선대학교

김만옥

아무 데서도 보인다.
젊은 지산동이나 아주 먼 방림동
혹은 유덕동 종점에서도
그의 얼굴은 잘 보인다.
얼굴이 왼통 하이얀
키가 큰 청년
아침에 일어나서 대하는 태양이듯
사람들은 그의 앞에 숙연히 선다.

아무 사람도 그는 알아본다.
골목의 코흘리게들도 저녁 시장의
늙은 상인들도 그는 알아본다.
항상 그의 곁에서
떠나려 하는 사람은 없다.

언제나 친절히 손바닥을 펴들고
학우들을 전송하며 때때로
껄껄 웃어줄 줄도 아는 청년
아무 사람도 그를 칭송한다.

그의 반짝이는 총명의 눈은
세계의 눈처럼
종일 드넓게 가슴 벌려
지혜를 숨쉬는
그의 폐활량은 세계의 목숨처럼
무변無邊함을
사람들은 알고 있다. 다 알고 있다.

광망光芒이여,
세계는 여기서부터 밝아진다.

김만옥 1946년 전라남도 완도군 출생. 1967년 『사상계』 신인문학상에 시가 당선되어
등단. 유고 시집 『오늘 죽지 않고 오늘 살아 있다』

무등산

문병란

올라도 올라도
다 못 오르는 산
두 눈이 이르는 하늘 끝
두 팔 벌려 안아도 안아도
끝끝내 다 안을 수 없는 산

백 번 천 번 불러 보아도
일편단심 뜨거운 마음
아무리 소리쳐 울어 보아도
끝끝내 다 차지할 수 없는 산
무등산은 평등과 자유
동서남북 두루 열린
무문대도의 큰 덕산이다.

그 소재지를 물으면
나는 모른다 하리라
그 높이를 물으면
나는 더욱 모른다 하리라

광주를 사랑하는

모든 사람들의 가슴속에
또 하나의 위대한 빛이 되어
보이지 않는 봉우리로 솟아 있는 산
남에도 있고 북에도 있고
이 나라 이 어진 사람들의 가슴속에
진달래 고운 연정 꽃불로 수놓으며
역사의 강물이 되어 도도히 흐르는 민중의 산

10년째 흘린 피눈물 아직도 모자라
46년째 갈라진 생이별 아직도 끝나지 않아
사무친 원한으로, 피투성이 가슴으로,
말없이 엎드려 속으로만 울어온 통곡의 산

누가 감히
무등산을 다 오른다 하리요
올라도 끝내 다 오를 수 없는 그 높이에서
안아도 끝내 다 안을 수 없는 그 품속에서
천년 응어리진 잿빛 어둠을 찢고
한 마리 자유의 불새가 날개를 편다.

문병란   1935년 출생. 1959~1963년 『현대문학』지에 김현승 시인의 추천을 받아 등단. 시집 『문병란 시집』, 『죽순 밭에서』, 『호롱불의 역사』, 『벼들의 속삭임』, 『땅의 연가』 등. 전남문학상, 요산문학상, 금호예술상, 한림문학상, 박인환시문학상 등 수상.

무등산의 봄

박봉우

겨울 잠에서
깨어난
무등無等이
어깨를 편다.
봄, 봄은
무등에서부터
온다.
모든 더러움을 씻고
무등은
살풋한 웃음을
짓는다.
이젠 우리들의
모든 일을
잘되게 하시고
더욱 고독하게 하소서
봄은 인생은 무등에서부터 온다.

박봉우 1934년 전남 광주 출생. 1956년 〈조선일보〉 신춘문예로 등단. 시집 『휴전선』,
『겨울에도 피는 꽃나무』, 『사월의 화요일』, 『황지의 풀잎』, 『딸의 손을 잡고』. 전라남도
문화상. 현대문학상 수상.

무당촌

범대순

중심 다리에서 바람재로 가는 한 중간
계곡을 따라 가다가 토끼등을 향하는 길
옛날 여기 무등산 무당촌이 있었다

거긴 천 년 무등산을 하늘로 모시는 마을
춘하추동 동서남북의 조석을 가리지 않고
사람과 산과 하늘이 하나인 마을이었다

무당촌 마지막 무당은 젊은 박흥숙이었다
광주교도소에서 교수형을 당한 사람이다
그 사연을 말하기엔 마음이 너무 아프다

무등산에 재도 많고 영웅도 많고 절도 많지만
무당촌에 박흥숙이 살다 간 사실을 알리는
유허비가 나의 마음속에 가장 우뚝 서 있다

범대순 1930년 광주 출생. 시집 『흑인고수 루이의 북』, 『기승전결』, 『백의 세계를 보는 하나의 눈』, 『북창서재』, 『나는 디오니소스의 거시기氣다』, 『가난에 대하여』, 『무등산』 등 다수. 유고시집 『백년』.

無等山

이성부

내가 어렸을 때
어머님께서 말씀하셨지.
'저 산은 하눌산이여.'
'하눌님이 계시는 집이여.'

산에 올라서,
하느님을 만나서,
물어볼 것이 참 많았지만
부탁할 것도 참 많았지만

나는 훨씬 뒤에야
중학교, 고등학교를 다닐 때에야
이 산 꼭대기에 오를 수가 있었지.
입석대 끝에서 날고 싶었지.

서울에서 공부할 적엔
밤새도록 기차를 타고 내려가다 보면
새벽과 함께 맨 먼저 반기는 산,
임곡쯤에서 뛰어드는 산.
먼발치로,

내 가슴 뛰게 하던 산.

광주, 담양, 화순, 나주를 굽어보며
그 큰 두 팔로
이곳에 사는 모든 사람들을 껴안고
볼 비비는 산,
넓은 가슴으로
맞아들이는 산.

그리고 마침내 가르쳤지.
산이 무엇을 말하고
산에 오르면
어떻게 사람도 크게 서는지를
이 산은 가르쳤지.

나는 어른이 된 뒤에야
어렸을 적 어머님 말씀,
그 큰 뜻을 알 수 있었지.
'저 산은 하눌산이여.'
'하눌님이 계시는 집이여.'

이성부 1942년 광주 출생. 1959년 〈전남일보〉 신춘문예로 당선과 1962년 『현대문학』에 김현승 시인 추천으로 등단. 시집 『이성부 시집』, 『우리들의 양식』, 『백제행』, 『전야』, 『빈 산 뒤에 두고』, 『야간산행』, 『지리산』 등 다수.

무등산
- 國土 78

조태일

고향을 떠나본 사람은 알리라.
고향을 떠나 떠도는 사람은 알리라.

세상살이 아무리 고달플지라도
도무지 앞이 안 보여 캄캄 내일일지라도
눈 감으면 둥둥 떠오르는
저 우람하고 찬란한 사랑을.
천년 만년이고 온갖 시름 삭여
빛고을 오늘까지 지켜서
세상만사 열어주는 침묵을.

착한 사람 더욱 착하게 하고
용맹한 사람 더욱 용맹케 하고
부끄런 사람 더욱 부끄럽게 하는
어머니 같은 어머니 같은
저 무등을 바라보면
고향을 떠나본 사람은 알리라.

온갖 사연들을 끌어모아 품고
하늘을 떠도는 원혼들도 모아 품고

넉넉함으로 그 한량없는 깊음으로

밤이면 밤마다 서걱이는 풀잎과 함께
보라, 아침을 틔워 온누리에 뿌리고
보라, 정의를 세워 온누리에 밝히는
보라, 믿음을 닦아 온누리에 비추는
저 태연하고 육중한 모습을.

고향을 지키는 사람은 알리라.
고향을 다시 찾은 사람은 알리라.

없는 듯 있고
있는 듯 없는
너무 작아서 보이지 않는 마음들을
너무 커서 보이지 않는 마음들을
저리도 또렷하게 뭉쳐서
망월동 밤하늘에 걸쳐놓은 뜻을.
온 우주의 깊디깊은 하늘에 걸쳐놓은 뜻을.

무등산.

무등산.

그대는 어제도 오늘도 내일도

이 세상의 사랑이고

이 세상의 어머니임을.

조태일 1941년 전남 곡성 출생. 1964년 〈경향신문〉 신춘문예로 등단. 시집 『식칼론』,
『국토』, 『가거도』, 『자유가 시인더러』, 『산속에서 꽃속에서』, 『풀꽃은 꺾이지 않는다』 등
다수. 편운문학상, 만해문학상 수상.

무등산

- 윤정선의 「詩」에 화답하여

최하림

사방에 무등산이 있었다. 목포에서 올 적에 무등산은 동쪽에 우뚝 솟아 있었으나 서울에서 올 적엔 남서쪽에 있었고 다시 보니 산 너머 산속에 연봉으로 뻗어가고 있었다. 날마다 무등산은 밤중이면 갈가리 찢긴 육신의 목소리로, 부르면 얼굴조차 떠오르지 않는 이름, 안타까운 눈물밖에 나오지 않는 이름들을 부르고 있었다. 그런 무등산의 둥근 허리로 어느 날 춤추듯 눈이 내렸다. 눈은 뺨에 녹아내리고 이마에 녹아내리고, 눈썹에 녹아내리고, 눈은 눈 위에 녹아내리면서 쌓였다. 이제 산은 크고 허연 눈이었다. 결정의 얼음들이 나무마다 열리고, 햇살이 비쳐들자 얼음들은 구슬처럼 빛나면서 맑은 소리로 울었다. 그 소리들이 골짜기로 골짜기로 퍼져 온 산이, 무등산이 쩌렁쩌렁 울고 있었다.

최하림 1939년 전남 목포 출생. 1964년 〈조선일보〉 신춘문예로 등단. 시집 『우리들을 위하여』 『작은 마을에서』 『속이 보이는 심연으로』 『굴참나무숲에서 아이들이 온다』 『때로는 네가 보이지 않는다』 등 다수. 이산문학상, 현대불교문학상 등 수상.

제2부

무등에 올라

무등산

강경아

중생대 백악기를 건너온 전설의 호흡들이
큰 산맥이 되어 광주 무등을 휘감고 있다
우뚝 솟은 주상절리의 절벽들 사이로
힘 있게 찍어 내린 올곧은 정신이
바람굴을 타고 도청으로 퍼져 나갈 때
수천수만 년을 쌓으며 흩어졌다 쪼개진
너덜겅의 언어들이
무등의 북소리 둥.둥.둥 울리며
이름도 없이 피고 지는 사람들을 깨운다
무등의 산자락을 흔들어 당신을 부른다

우리는 주먹밥으로 뭉쳐진 오월의 사람들
착한 누이와 호탕한 형제들의 웃음이 있고
가난한 아비와 어미의 울음이 뒤섞여 있는 곳
반민족 억압과 핍박의 뿌리에서 자라나는
거대한 민주주의 잎들이 푸르게 자라는 이곳
얼어붙은 눈꽃으로도 길이 되어 주는
오월의 신전神殿을 향해 한 무더기
민주평화의 빛줄기가 쏟아지고 있다

강경아 전남 여수 출생. 2013년 『시에』 등단. 시집 『푸른독방』. 한국작가회의 회원.

무등서설

고영서

너는 첫차로 가고
나는 막차로 오는
광천동 터미널 대합실 구석구석
바람이 한바탕 휘몰아쳤다

제 그림자를 늘이며
조금씩 조금씩
내려앉던 산이
어느 저녁에는
명멸明滅하는 도시를
보듬었으리

억새의 군무도 늦재 단풍도
시나브로 사라져
연두도 초록도 빨강도 파랑도
이윽해지는 시간

높아야만 명산이겠나

입석이, 서석이

구름 위에 드시는 듯
정처도 없는 우리,

첫눈이 오면
첫눈이 오면

고영서 2004년 〈광주매일〉 신춘문예로 등단. 시집 『기린 울음』 『우는 화살』 『연어가
돌아오는 계절』.

다시 무등에 올라

김경윤

그대 사무치는 날이면 무등에 오른다
배고픈 다리 건너 증심사 계곡 보리밥집들 옛처럼 쓸쓸한
비탈길 오르면 마음은 자꾸 산수유 그늘 물소리에 젖고
속잎 푸른 고욤나무 아래 잠시 발길을 멈출 때
숲속을 나는 새떼들이 낡은 운판을 울리고 간다
모진 세월에 상한 마음 생채기는 쉬 아물지 않고
발목 시리던 그 시절!
아득한 저 山을 향해 노래하던 사람들
가슴에 불을 품고 꽃잎처럼 떠나갔던…
세월은 늘 우리에게 썩지 않는 죄를 남기고
사랑은 이렇듯 사무치는 그리움으로 오는 것일까
피맺힌 가슴으로 별을 노래하던 시절은 차라리
아름다웠지. 이제 꽃잎은 지고
새들도 노을 속으로 가뭇없이 사라져버렸다
더러는 참숯 같은 희망을 가슴속에 품고 살아도
더는 별을 노래하지 않는다
몇 방울의 피와 눈물이 가슴에 넘치던 푸르른 시절은 가고
가슴에 향기 없는 단풍잎만 달고 사는 이 시절
새들이여! 별이 되어버린 나의 형제들여!
오늘도 나는 그대 사무쳐 무등에 오른다

아득한 저 山만 보아도 숨이 막힌다

김경윤   1957년 전남 해남 출생. 1989년 무크지 『민족현실과 문학운동』을 통해 작품
활동 시작. 시집 『아름다운 사람의 마을에서 살고 싶다』 『신발의 행자』 『바람의 사원』
『슬픔의 바닥』 등.

저 바람 속에 누가 있어

김미승

당신이 보이지 않을 때
나는 당신을 낳으러 갑니다

담금질 당한 마음 요동치며
흘러내리는 비명들을 봅니다
무등산 덕산너덜에서

당신은 타협을 모르는 단단함으로
뿌리째, 호되게 당하고 있습니까
공사장 담벼락 아래 나뒹구는
낡은 작업화 한 켤레처럼
오월 붉디붉은 철쭉들의 아우성처럼

둥실한 내 뱃속에 품은 것이
입석과 서석의 뼈대는 아니게
그러나, 흘러가는 물처럼도 아니게

허리를 두드리며 일어섭니다
무등, 등급을 매길 수 없는 고통으로
서리서리 몸 풀러 갑니다

저 바람 속에 누가 있어

괜찮다 괜찮다……
시린 등을 쓸어주는지
말랐던 피가 다시 돕니다

김미승　전남 강진 출생. 1999년 계간 『작가세계』로 등단. 시집 『네가 우는 소리를 들었다』, 『익어 가는 시간이 환하다』 등 다수.

무등의 노래

김수

그해, 봄날
길을 나선 사람들이 있었다
어떤 이들은 돌아올 수 없는 길로
누군가는 돌아오지 못한 자들을 찾아 나선 이들이 있었다

그 길 위에는
위선과 탐욕의 시간이
차별과 착취의 시간이
억압과 야만의 시간이
공포와 죽음의 시간이
늘 그림자처럼 따라다녔다

그해 봄날이 지나고 언제부터인가
무등에 달빛이 고요히 내리면
하루에 한 사람
이틀에 두 사람
삼백 예순 날 삼백 예순 사람
길을 나선 이들이
서석대, 입석대, 광석대에 모여
시호시호 칼 노래 칼춤*을 추는 것을 볼 수 있다

그렇구나, 우리의 무등은
금남로, 충장로에서
제봉로, 죽봉로에서
광천동, 양동의 거리에서
고개 숙인 이들에게 사랑의 손길을 주시며

길을 나선 이들의 숨결로 흐르는 광주천에도
갑오년의 노래가 흐르는 황룡강에도
시절 염원으로 흐르는 극락강에도
말 없는 사연만 모여든 영산강의 물길 위에도
평화의 따뜻한 눈길을 내어주시는구나

아, 무등의
천왕봉, 지왕봉, 인왕봉은
서로서로 사랑의 온기 나누며
밝은 새세상 문을 여는구나
거룩한 사랑을 노래하는구나!

* 동학의 수운 최제우의 용담검무에서.

김수 본명 김형수. 2019년 광주전남 『작가』 신인상. (사)광주평화포럼 이사장.

너덜겅* 편지 2

김완

바람재에서 토끼등으로 가는 길
무등산 덕산 너덜겅을 바라본다
켜켜이 쌓인 회색빛 시간이 풍화되어
무리지어 흘러내리는 너덜겅
아득히 먼 지상의 모습은
가물거리는 과거일 뿐
시간은 시간의 부재 속에서 찬란하다
그리운 누군가를 떠나보내고
하루하루를 산다는 것은
속도에 맞추어 시간을 견디는 일이다
물러가지 않는 어둠과
그저 오래 눈 맞추는 일이다
무너지고 있는 것들의 아름다움이라니
저물고 있는 것들의 찬란함이라니
그리움도 슬픔도 무리지어
모이고 흩어지는 너덜겅을 바라보는 것은
먼 하늘 지나가는 바람과 구름에게
오지 않은 시간을 물어보는 일이다

* 돌이 많이 흩어져 있는 비탈.

김완 광주 출생. 2009년 『시와시학』으로 등단. 시집 『그리운 풍경에는 원근법이 없다』, 『너덜겅 편지』, 『바닷속에는 별들이 산다』가 있다. 2018년 제4회 송수권 시문학상 남도시인상 수상. 현재 광주전남작가회의 고문.

산행 2

김형수

가는 길에 희미한 그림자가 있었다
땅거미 부서지는 으스스한 길가에
찢길 듯 울먹이는 한 사람의 그림자
다가서면 멀어지고
다가서면 또 저만치 멀어지는
그림자의 모습을 한 이정표가 있었다
죽어버린 님은 나를 향해 걸어오고
살아남은 나는 님을 향해 떠나가는데
무엇인가 저기 저 검은 손을 흔드는
저 홀로 깊어버린 시월의 밤 같은 것
찬바람에 부대껴 깊이깊이 흐느끼는
서리 내린 무덤에 핀 갈대와도 같은 것
몇 차례의 검은 파문에 흔들려
부서지기 시작하는 내 영혼을 비추자고
깜박임에 지쳐버린 별빛은 아니었다
돌아보면 간데없고
돌아보면 또 흔적조차 남김 없는
발자국을 찍으며 걷고 있는 나의
앞날을 가고 있는 분신은 아니었다

김형수 1959년 전남 함평 출생. 1985년 『민중시2』 등단. 시집 『애국의 계절』 『가끔씩 쉬었다 간다는 것』 『빗방울에 대한 추억』 『가끔 이렇게 허깨비를 본다』 등.

무등에 올라

나해철

무등에 올라
그리운 분지 광주가 눈시울에 가득할 때
행복했던 어느 봄 남쪽 바다 제주에서 보았던
분화구 산굼부리를 생각했다.
생명 있는 것과 없는 것, 땅과 하늘까지 태우던
용암과 뜨거운 불 토하기를 잊은 채
깊고 깊은 가슴의 끝까지
푸르른 숲과 바람,
안개를 가두고 키우던
적막의 웅덩이.
그때 나는 여행 중이었고
햇빛과 나의 신부가 따뜻했으므로
둥글게 가라앉은 억 년의 고요가
차라리 평화로워 좋았다.
절망과 희망으로 혼을 놓고 다시 깨어나는
그 후의 몇 봄이 지나면서
단단하여 결코 죽지 않는
세상에 흔한 한 풀씨가 되어
어느 날 무등에 올랐을 때
의롭고 귀한 것을 위하여 눈물겹게 아프게

사는 사람들의 마을이

침묵 속에 아름다웠으므로 오래 생각했다.

무엇이든 없애고

새로이 일으킬 수 있는

용솟음의 불덩이를 갈무리한 채로도

다만 소리 없이 숲과 바람, 벌레를 키우며

참고 견디며 끝끝내 기다리던 분화구와

우리들의 무등.

깊게 소용돌이치는 희망의 화염을 다독이는

넉넉한 사랑과

끝까지 기다림에 드는 아름다움으로

장엄한 사람들의 마을을 보며

눈앞에 피어나는 찬란한 생명들을 오래 바라보았다.

나해철 전남 나주 영산포 출생. 1982년 〈동아일보〉 신춘문예로 등단. 시집 『무등에 올라』, 『동해일기』, 『아름다운 손』, 『위로』, 『영원한 죄 영원한 슬픔』 등 다수. '5월시' 동 인, 민족문학연구회 회원, 한국작가회의 회원.

뿌리 또는 절규

박남인

추웠다
누구나 뒷모습으로 기억하던 골목
달그락 청타 소리가 새벽까지 쫓아와
하얀 지우개를 꺼내
이 세상에 발행된 날짜를 몇 번이나 지웠다
다시 밑줄을 치던 인쇄골목에선
프레스에 거는 납작한 향기를 누구나 어차피
한 번 도바리 치면 지워야 하는
광고주 같은 지명수배로 떠도는 이름
나는 뿌리인쇄소 신입 공원이었다.
하남공단 새벽을 돌며
밤새 돌린 노동조합 창간호 잉크 냄새에 취해
하남공단 담벼랑을 넘으며 살던
남동 상하방 그 봄은
추웠다.
더 푸르딩하게
떠오른 철규도 한때
이 골목의 뿌리였다
보리와 들불로 표지를 삼은
사람 사는 세상은 펴지지 않았다

사식기에서

제본소에서

칼라인쇄 새벽 줄서기에서

우리들의 세상

우리들의 뿌리는

너무 추웠다

교사사직서 봉투를 들고 맴도는 벗들

금희의 오월이 민들레극장에서 막을 내리고

구례에서 우슬재 해남까지

수세 거부 농민의 함성지

전교조지부 결성이 다가오는 세상은

뿌리의 책상 엉덩이 밑에서

뜨거워지고

천관산으로 금희가 내려가고

목마른 자는 샘가를 떠나가듯이

동부서 관할 남동인쇄골목을 떠났다

시퍼런 절규도

도서용지에 날선

칼노래도 없이.

박남인 문예종합지 『노둣돌』로 작품 활동 시작. 시집 『당신의 바다』, 『몽유진도』 광주전남작가회의 회원.

무등의 숲

　안개 자욱한 무등의 숲 마타리 같은 꽃들도 새들의 울음소리도 촉촉이 젖어 우울한 잠이 들고 바람 하나 없는 안개의 숲은 상가喪家의 조등이라도 걸어야 할 것 같았다. 어둠 속 물줄기 하나 무등의 숲을 빠져나와 배고픈 다리를 건너 저잣거리의 미망迷妄에 합류하였다. 위기와 절망의 시절이 아니래도 무등은 매일 거리로 내려와 집집마다 문을 두드려 고을의 안부를 물었다. 세속世俗의 경계를 지우는 것부터가 무등의 시작이었다. 경계가 지워지는 자리에 입석과 서석이 들어서고 사람들은 자신도 모르는 무등의 높이를 살았다. 오월이 그렇게 갔고 오월은 또 이렇게 왔다.

박두규　1985년 『남민시(南民詩)』, 1992년 『창작과 비평』으로 작품 활동을 시작. 시집으로 『사과꽃 편지』, 『당몰샘』, 『숲에 들다』, 『두텁나루숲, 그대』, 『가여운 나를 위로하다』 등. 산문집으로 『生을 버티게 하는 문장들』, 『지리산, 고라니에게 길을 묻다』 등.

광주 유동 박제방

박석준

그끄제 극락강 건너 한방병원에서 어머니 약을 짓고,
무등산을 보고 광주 유동 박제방에 함께 돌아왔는데.
크리스마스 **낮말** 흐른다. 작년, 올해는 애들이 뜸하구나.
스물일곱 살 소안의 해언이, 해남의 두석이,
스물세 살 목포의 아련이, 은자는 취업 준비하고,
스물두 살 민구는 군대 갔고 순천 선아는 알바해요.
퇴근하여 지난밤에 검정콩 두유 한 박스를 사오고
조금 전 케이크를 사온 아들의 **말**을 듣고 바라본다.
세탁소 아저씨가 걱정하더라. 이십으로 줄이면
볼품없다고 니 바지를 이십으로 그냥 뒀다는디, 뭔 말이다냐?
물음에, 그대로 뒀으니까 걱정하지 마세요, 하였지만
어머니는 고독하다. 2년 전, 주말에 오후 5시에 내가
외출하여 밤 열 시 넘어 대학생인 20살, 21살, 25살
젊은이들과 혹은 남학생 한 사람과 방에 돌아오면,
음악이나 말소리 흐르는 시간에 커피를 갖다 주고 바로
옆방에 갔을 뿐. 아침 식사 후 손님이 나가고
내가 창 없는 방에서 세 시에 나가 네 시쯤 돌아오면,
마당엔 고양이가 밥을 먹는데, 감나무 있는 화단의
꽃나무 화분들에 손길을 주고 있을 뿐.
쉰이 되어도, 애가 너무 가냘프니! 너무 쓸쓸하지?

일을 해도 빚만 늘고 셋방살이하는 게 미안하다.

내 약값 대느라 니는 약도 제대로 못 짓고! 애틋하구나.

방학 땐 살찔 거예요. 케이크 어서 드세요. 방에 갈게요.

책, 테이프, CD가 꽂힌 3면의 책장, 녹음기가 닦여졌고,

아들이 들지 못하는 두꺼운 이불이 다시 깔려 있다.

백화점 건너편 2층 스토리 카페에서 대화하고,

캄캄해져 학생이 아쉬워하면 술집에 간혹 노래방에 가요.

말한 적 있지만, 밤 열 시 넘어 박제방에 시간을 만드는,

일곱 젊은이와 커피를 갖다놓는 어머니가 떠오른다.

사랑을 찾거나 인생을 고민하거나 사회를 말하여

고독을 잊게 하는 젊음, 인간적인 젊음을 좋아할 뿐,

나도, '고독'이란 단어를 모르지만, 어머니도 고독하다.

어머니는 내 몸을 걱정하고, 나는 어머니의 아픔을,

운동을 하기 어려운 자신을 불안해한다.

예전엔 주빈, 인수, 진수, 세상을 떠난 재원·점식·상일,

윤보현 선생, 운동하는 사람이 박제방에 시간을 만들었는데.

소안도에 태풍 불던 날, 날아가지 않게 냉장고 붙들고 있어라

해놓고 범민련 사건으로 11월에 수감되었던 큰형*이 오늘밤에 박제방에 왔는데,

애야! 크리스마스 밤소리 나 불안하게 새벽을 걸었다,

그러나 퇴근하고 간 입원실에 어머니가 의식이 없다,
귀가한 박제방에 **말소리, 음악 소리**가 없다.

혼자 있는 밤들 밤의 소리를 무서워하다가 다음 해 2월에
혼자서 공존을 도모하고 나는 꽃나무 화분들을 챙겨
광주 유동 박제방을 떠났다.

* 박석률(1947~2017), 민청학련(1974년) 사건, 남민전 사건(1979년), 범민련 사건(1995년)으로
  투옥됨. 남민전 사건의 무기수였음.

박석준 2008년 『문학마당』으로 등단. 시집 『카페, 가난한 비』, 『거짓 시, 쇼윈도 세상
에서』, 『시간의 색깔은 자신이 지향하는 빛깔로 간다』.

송백의 둥지

규봉암 뒤로하고 화순 이서 잔등을 넘을 적
층층나무며 갈참나무 아래
흰오뚜기광대버섯이 독백이나 하는 듯 수줍게 서 있다
한 생의 음습한 이야기 곁에
직박구리 울음도 들리지 않는데
귓가를 맴돌던 어눌한 한숨에
유신의 잔상들이 40년 세월을 거슬렀다
불온한 자유와 억압된 사고의 틀 안에 갇혀
순수를 잃어버렸던 이 땅의 비련
묵묵히 내려다보던 무등산을
새벽이면 올랐다는 투사의 목소리가 떨렸다
열아홉 문학을 좋아했던 소녀가
해방자 예수를 만나 송백의 문을 열고
무등 세상을 향해 내던진 청춘은
야구방망이 구타와 볼펜 돌리기 고문 등
세 번의 구금으로 사경을 헤맸다며 치를 떨었다
"날아라 민중아! 민주의 벌판을
뛰어라 역사여! 희망의 내일을
언론 자유 동냥 말고 피땀으로 열매 맺자"라는 민주시를
시퍼런 장불재 갈대들이 쓰윽싹 칼을 갈 듯

시민대표로 낭독했다는 임영희* 여사

무등산 산그림자 따라 어둠이 내려오면

희끗한 머리칼에 무념의 고독을 앉히고

수만 리 솔밭에 아침 햇살 오르면

송백의 소망을 불편한 걸음으로 옮긴단다

시대의 상처 온몸으로 견디며

옛 동지들 새벽마다 오르던 무등산 자락 둥지 삼아

'비우다가 채우며 솔가지에 걸친

성채 같다던 달님'도 벗 삼아

집안 곳곳에 마련해둔 직박구리 새집에

입석대도 서석대도 먼 길 떠난 열사들 정신까지

갈바람처럼 들어앉길 바란다

* 1956년 무안 출생. 1978년 송백회 창립 맴버로 5·18민중항쟁 참여. 오월항쟁동지회 여성부
  장 등 역임. 현재 일촌공동체 이사.

박현우 전남 진도 출생. 조선대학교 국어국문학과 졸업. 전 국어교사. 1989년 부부
시집 『풀빛도 물빛도 하나로 만나』, 2020년 시집 『달이 따라오더니 내 등을 두드리곤
했다』. 한국작가회의 회원.

기억

옻물을 먹고 기억하던
일그러진 내 얼굴의 세포가 있었다
화순 이서 도원에서
장불재 가던 길
기억은 추상일진대
옻물의 기억은 현실세계다

입석대를 뒤로하고
중봉에서 아픈 바람을 맞는다
팍팍해진 무르팍 세포가
아픈 기억을 떠올린다
백아산으로 퇴각하던 역순의 기억
망각이 아니었다면 기억으로 추상하라고

중머리재 지나 당산나무 아래
흰꽃 피는 배롱나무 십자가가
증심사 대웅전의 석가를 부르고 있었다
아픈 기억은 저편에 있으라 하고
모든 기억도 저편에 있으라 하고

무등산을 품어 안네

양기창 광주청년문학회, 노동자문예연구회, 광주노동자문학회에서 활동. 2014년 『작가』지에 「수선화」 외 4편으로 신인상 수상. 노동자문학회 '녹두', 한국작가회의 회원.

증심사 가는 길

염창권

산밭에 묻어 둔 수저 한 벌
배 고플까,
비탈진 생각은 저문 강을 다 건넜다

네 간 곳, 차마 묻지 못한다
찬 빗돌을 올려준다

돌을 쪼아 탑이나 부도를 세운 곳은
그 중심에 고요의 심지가 꽂혀 있다
흰 실을 붙들고 피는 꽃
젖은 몸이 뜨겁다

너라는 절 하나를 마음속에 지은 뒤로
시들지 않는 꽃이나 죄가 자꾸 피었다

오후의 불티 속에서
증심證心에 핀, 꽃잎들!

염창권 〈동아일보〉(1990, 시조)와 〈서울신문〉(1996, 시) 신춘문예로 등단. 시집 『마음의 음력』, 『한밤의 우편취급소』 외. 평론집 『존재의 기척』. 중앙시조대상, 오늘의시조문학상, 노산시조문학상 외.

무등을 바라보며

유종

꿈속에서 세상 바라보는 것이나
용산시장 뒷골목 노점 앞에 서서
돼지 껍데기 한 점과 잔 술 한잔 교복에
감추는 것은 쉬운 일
서울 사람들 속에 숨어드는 것도
침묵하며 열등하면 쉬웠던 일
폭도로 도배된 잠 덜 깬 세상을 담장
안으로 던져 넣던 것도
구호처럼 달려들다 멀어지던 날들도
살인마로 낙인찍힌 년대도
군인들이 백운동 길목을 조르는 통에
조구처럼 절여져 하루 종일 샛길을 더듬어
고향집을 찾았다던
친구들의 무용담도 잠꼬대 같았던 것은
꿈속에 길을 내고 있었기 때문
그 길 끝
충장로 우다방 계단에 서서
오지 않는 여자를 기다리며
기다린 시간을 뚝 잘라 옷섶에 슬쩍 감추는 것은
쉬운 일

남광주시장에서 막걸리 마시다
월산동에 숨어들었던 것도 고백하자면
꿈속에서 세상을 바라보는 것만큼
쉬웠던 일

그러나 결국 걸었던 것은 꿈 속
그러나 결국 내 잠은 피로 물든 강물 위
어느 날 밤새워 통음하며 울부짖는 무등산 타잔과
오월의 죽음들이 비처럼 쏟아지던 그날을
흔들어 깨우던 낯선 남자와
낯선 집 대문을 나서며
최루가스 냄새 가시지 않는 새벽녘에
무등산을 바라보았네

꿈속을 걸어 나오는 한 사내가 있었네

유종　전남 해남 출생. 2005년 『광주전남작가』 신인 추천 및 『시평』 여름호를 통해 작품활동 시작.

붉은 심장을 가진 나무4

이대흠

그날, 모든 우려는 현실이었다
이전의 시인들이 온갖 비유로 표현해 둔
상상 속의 비극이 현실이었다 그날, 이 도시는
마지막까지 침몰하지 않는 배였다 그날,
쥐들은 미리 몸을 빼서 달아났고
개들은 재빨리 주인의 다리를 물었다

(서해 해변에 물고기 떼가 떠올랐는데 사람들이 다 먹을 수 없었다
두꺼비와 개구리 수만 마리가 나무 위에 모였다 개 한 마리가 북쪽을
향해 짖더니 알 수 없는 곳으로 사라졌다 겨울에 진달래가 피고 많은
사람들이 개로 변하였다 우박이 왔는데 크기가 밤만 하여 어린 모들
이 꺾이거나 뿌리가 드러났다 한 사람의 꿈에 무등산이 무너져 강처
럼 흘렀다 큰바람이 불고 나무들이 슬픈 노래를 불렀다 유난히 붉은
꽃이 많이 피었다)

쥐들이 빠져나간 거리는 조용하다
조용하다
자신의 뿌리로부터 멀리 나온 별들이 반짝이고
유일한 음악은 규칙적인 군홧발 소리
척척척척 가슴을 송곳으로 쑤셔 대는

저 미친 군화 발걸음 소리

젊은 학생 하나가 거리로 나섰다 그의 머리는 호도 깨지듯 박살
났다
학생 둘이 거리로 나섰다 단검이 그들의 배를 갈랐다
학생 열이 백이 천이 거리로 나섰다 일단의 병사들이 낫질을 하
였다
중년의 사내들이 대열에 합류했다 장갑차가 그들의 가슴을 자르며
날아갔다
아주머니들이 노인들이 어린 학생들이 거리로 나섰다 총구에서 불
이 반짝였다
별 없는 하늘 아래 쓰러지는 개망초 쇠비름 명아주들 총구에서 탄
생하는 무수한 별들
총알보다 많은 사람들이 강을 이루었다 두두두두 기관총 소리
더 많은 사람들이 더 많은 사람들이 모여들어 애국가를 불렀다 총
소리가 애국가를 산산이 조각냈다

동해물과 백두산이 마르고 닳도록······
기억하라, 애국가가 투쟁가로 변했던 그 밤을
동해물과 백두산이 마르고 닳도록 모여드는 인파는

끝이 없고

이대흠 1967년 전남 장흥군 장동면 만수리 생. 1994년 『창작과 비평』을 통해 작품
활동 시작. 시집 『당신은 북천에서 온 사람』 『귀가 서럽다』 『물 속의 불』 『상처가 나
를 살린다』 『눈물 속에는 고래가 산다』. 조태일문학상, 육사시문학상 젊은시인상, 전
남문화상 수상.

무등산

이승철

오랫동안 당신을 지켜본 적이 있었소.
휘몰아쳐 오던 모진 폭풍우 뒤끝
미친 군홧발들이 떼 몰려와
당신 앞가슴을 하염없이 짓이겨댈 때
슬하의 자식들이 두 주먹 불끈 쥐고
금남로, 충장로에서 목청껏 외쳐 부를 때

죄 많은 것들 밤새도록 부릅뜬 눈으로
그윽한 눈망울로 새벽을 받아 주시고
저 거리마다 기다림에 지친 날들이 오고
저리도 몹쓸 세월이 다시금 떠가고
말하자면 그대가 준 사랑을 잃고도
나는야 훠이 훠이 잘 살아왔는가.

보습 한 자루 저 홀로 반짝이는
송정리 극락강 풍영정 앞들 너머
새푸르게 출렁이던 그 벌판 위로
아슴푸레한 그대 미소만이 출렁거렸소.
금남로에 서서 차마 울고만 싶었소.
충장로에 가서 온종일 적셔져 버렸소.

때론 무등 한 자락 고이 품어볼 적마다
명옥헌 원림에 배롱꽃 흐드러질 적마다
산야에 가득 너울치던 피어린 가슴
뵤뵤뵤, 미소 짓던 그 얼굴만을 생각했소.

대저 산다는 게 무어란 말이오.
그해 그날 이후로 침묵뿐인 그대여.
저기, 저 발목까지 깊숙이 적셔지던
그대 외론 눈동자만을 떠올리며
오늘도 난 허청허청 걸어가고 있소.
그대 살 속에서 서럽게 저며지고 싶었소.

이승철　1958년 전남 함평 출생. 1983년 무크 『민의』 제2집 「시와현실」로 등단. 시집
으로 『총알택시 안에서의 명상』, 『당산철교 위에서』, 『오월』, 『그 남자는 무엇으로 사는
가』 등. 산문집으로 『광주의 문학정신과 그 뿌리를 찾아서』 등.

잠들지 않는 무등

새들이
아침을 물고 창가로 내려오는 오월에는 먼 숲이 흔들렸다
총성이 울리듯 붉은 장미 피어나면
낡은 깃발처럼 야윈 묘지도 흔들렸다

새끼를 낳고 새끼를 키우며
무성해진 풀숲에서 밤새우는 풀벌레 소리가
아침이면 더러워진 방충망 사이에 끼어 있었다

미물의 울음소리를 들으며
귀를 조용히 세우는 우리

금남로에는 바람이 불었지
바람이 불어 사람이 많았지
쉽지 않았으니까 모든 것은 쉽지 않았으니까
막다른 골목이 나올 때까지 무작정 달렸지
무릎이 깨져도 어둠 속을 달렸지

오래된 주택들이 줄지어 서 있고 대문 밖에는
크고 작은 화분들이 모여 시절을 꽃피우고 있었지만

이층 창문은 굳게 닫혀 있었다

슈퍼 앞 때 묻은 간이의자에 앉아
자지러지게 피어나는 흰 꽃의 계절을 생각하며
한낱 바람에 몸을 눕히고
바람에 몸을 일으켜 세웠다

하늘에는 우레가 잠들어 있었고
새들은 깨끗한 허공에 소란을 일으켰지만
다 태워버린 시대의 잔해가 우리 곁을 맴돌고 있었다

이재연 2012년 오장환신인문학상 수상. 시집 「쓸쓸함이 아직도 신비로웠다」

무등산 서석대

이지담

칠천만년의 세월을 견딘 서석대도

처음 겪는 일이었다

일천구백팔십년 오월 금남로에서

총탄에 죽어간 평범한 시민들의 넋을

제 갈비뼈에 끼워 넣고 기억한다

오월의 피로 철쭉꽃을 피워낸다

비만 오면 군홧발 소리에 쫓긴다며

귀를 막고 읊조리는 이름들

세월은 가도

그 흔적들은 더욱 선명하여

무등산은 등급을 매기지 않으며

모두를 끌어안는다

한 무리의 새들이 광주를 쓰다듬고 지나간 후

높은 하늘은 구름과 낮달을 띄워 올리고

잠시 묵념에 잠긴다

서녘으로 지는 해는 말없이

서석대 갈피마다 비추며

오월 정신을 새로 쓰고 있다

이지담 2003년 「시와사람」 신인상으로 등단. 2010년 「서정시학」 신인상 수상. 시집 「고전적인 저녁」 「자물통 속의 눈」 「너에게 잠을 부어주다」 미래서정 문학상 수상.

무등산 낮달

– 5·18국립민주묘지 7묘역 8번, 친구 김요한을 생각하며

홍관희

1.
새들이 나는 걸 포기하지 않듯
우리는 오르는 일을 포기하지 않았다

나에게 물어보지도 않고
내 몸을 기어오르는 개미가 미안한 것처럼
산에게 물어보지도 않고 무등산을 오르는 건
미안한 일이기는 했다

가난만큼이나 힘겨운 가파른 산길을 만난 친구가
작은 어깨라도 내주어
오르기가 힘든 사람들의 완만한 능선이 되는 삶을 살고 싶다며
휘이익 휘이익 부는 휘파람이
여기저기 봉우리에 부딪치며 메아리로 산을 떠돌자
숲속의 나무 이파리들이 그 휘파람을 품어 주었다

시선은 본능적으로 큰 봉우리를 향하고 있었으나
우리가 꿈꾸는 건 봉우리가 아닌
무등無等한 세상이었다

2.
광주 금남로에 있었다는 이유로
친구의 몸통에 동굴을 뚫고 지나간 괴물 총탄이
광주 봄날에 깊숙이 박혔다

하루 아침에 앉은키로 세상을 마주하게 된
친구의 계절은
지워지는 봄날에 늘 갇혀 있었다

휘파람을 품고 있어서인지
친구의 잦은 통증에
반창고처럼 상처를 기억하고 있는
무등산 나무 이파리들의 떨림이 그치지 않았다

산천에 꽃들이 요란하여도
친구에게는 없는 봄이었고
두 번 다시 함께 오를 수 없는 산을
망연히 바라다보며 친구는 때로
영혼에서 자신의 휘파람을 꺼내 듣기도 하였다

3.
누구나 때가 되면 간다고는 하지만
너무 일찍 마지막 이사를 해버린 친구의 등 뒤로
해마다 오월이 오면
휠체어를 탄 듯한 희연 낮달이 망월동에서 떠올라
무등산 위 창공을 서성거렸다

희연 낮달을 알아본 무등산 사찰의 처마 끝 풍경들이
띠링띠링 숲속에 신호를 보내면
숲속 나무들이 새들을 불러 모아
품고 있던 휘파람을 날개에 실어 날려 보내고
새들은
산중의 높고 낮은 여러 능선에
휘파람을 실어 날랐다

무등산 위를 서성거리던 희연 낮달이
이 능선 저 능선에서 들려오는 함성 같은 휘파람 소리를
우는 듯 웃는 듯 상기된 표정으로 듣고 있었다

시선은 본능적으로 큰 봉우리를 향하고 있었으나
우리가 꿈꾸는 건 봉우리가 아닌
무등無等한 세상이었다

봉우리도 무등無等한 세상도
서로가 내준 어깨와 어깨들이 기대어 만든
누구나 오를 수 있는 완만한 능선에 함께 있었다.

홍관희 광주광역시 송정리 출생. 1982년 「한국시학」으로 등단. 시집으로 『그대 가슴 부르고 싶다』 『홀로 무엇을 하리』가 있음. 나주시 남평 드들강변에서 '강물위에 쓴 시 카페' 운영.

제3부

무등의 사람들

무등설청無等雪晴

눈썹 허연 의도인毅道人이 혼자 앉아

춘설차春雪茶를 따른다.

차 따르는 소리가 병풍 속으로 길을 내고

어디서 새가 운다.

산빛 속으로, 그분이 피운 안개 속으로

의도인毅道人이 걸어간다.

산빛 속으로 걸어가는 길이 저물고

겨울 산을 입에 문

새 한 마리 북명北冥을 향하여 날아간다.

동그란 새의 눈 가장자리에

북명北冥의 소금기가 허옇게 묻어 있다.

새 울음소리 또르르 비늘 져서

굴러 떨어진 깊은 눈구렁 속

연둣빛 삐비 순이 붓끝처럼 돋아난다.

강인한　1944년 전북 정읍 출생. 1967년 〈조선일보〉 신춘문예 시 당선. 시집 『입술』,
『강변북로』, 『튤립이 보내온 것들』 등. 시선집 『신들의 놀이터』. 전남문학상, 한국시인
협회상 수상.

무등의 화가
– 춘설헌에서

고선주

무등을 힘겹게 끌어다
화면으로 옮겨 놓았다
무등으로 살았으면서

아무리 보아도
직선은 없다

늘 직선을 그으며 살아 왔는데

먼 산 봉우리 아무리 선을 그으려 해도
도저히 직선을 찾을 수 없다

오르락내리락
서로 밀고 당기며 가는 저 능선들

곡선이 아스라이 흘러내린다

직선처럼
뾰족하게 살아온,
내 마음속으로 흘러내린다

삶은

구상이었다가
추상이었다가
반구상이었다가

오묘한 붓질의 시간들

오를 언덕마저 없는,
저 산은
오래도록 그려도
끝내기 어렵겠다

도무지 한 폭의 그림이 나오지 않는 날

나른한 무등에 오른다

고선주 〈전북일보〉 신춘문예와 『열린시학』 등에 시와 평론 발표하며 문단 활동. 시집 『꽃과 악수하는 법』 『밥알의 힘』 『오후가 가지런한 이유』

박흥숙*을 위하여

고성만

당신은
은하의 별들이 떨어져
수북 쌓인
너덜 위를 달렸지요

푸르게 출렁이던 바닷물 죄다 증발한 후
그 속에 살던 온갖 종류의 물고기들 산호초들
폼페이 최후처럼
녹아내린 날

가슴에 돌을 얹고 죽어간 장군*같이

가난한 어머니를 안아줄 수 없는 세상이 원망스러웠던 가요
청춘의 열혈 토할 수 없는 시대에 대한 분노였을까요
억새 우거진 산에 불을 질렀지요
절대로 용서받을 수 없는 살인자가 되어
무릎에 얼굴을 묻고
울었지요

억울한 마음 차마

입 밖으로 나오지 못해 활활 타는 참꽃 길

애 터지게

애가 타게 부르면

당신은

굽이쳐 휘어 수북 덮인 바위 아래

가늘게 새어나오는 약수로

목을 적십니다

* 관제 언론에 의해 '무등산 타잔'으로 불리던 청년.
* 김덕령.

고성만　전북 부안 출생. 『동서문학』 신인상. 시집 『올해 처음 본 나비』, 『슬픔을 사육하다』, 『햇살 바이러스』, 『마네킹과 퀵서비스맨』, 『잠시 앉아도 되겠습니까』, 『케이블카 타고 달이 지나간다』. 시조집 『파란, 만장』.

김지혜

곽재구

네 앞가슴에 달린 초록빛 손수건의 무지개보다
서툰 네 그림이 예쁘구나 지혜야
나이 여섯 초록미술학원생인 네가
무등산 기슭으로 야외 사생을 나왔을 때, 속없는 아저씨는
너의 깔끔한 옷차림과 예쁜 차를 보고 기분이 나빴단다
젊은 미술학원 여선생님은
너희에게 사탕과 과자를 나눠주며
예쁜 꽃과 새와 나비를 그리게 하고
너희들이 그림을 그려가기 시작했을 때
북의 어린이라고 꽃글씨로 쓰여진 버스를 타고
무등산에 올라가는 아이들을 그린
너의 그림을 보고 나는 놀랐다
처음 본 내게 너는 말해주었지
엄마가 그러는데 북도 옛날에는 우리나라였대요
북의 사람이랑 남의 사람이랑 행복하게 살았대요
나는 북의 어린이랑 친구가 되고파요
너의 말이 어느 장군이나 정치가의 말보다
더욱 아프고 아름답게 내 살 속에 꽂히는 것을 느끼며
나는 네가 그린 빛나고 황홀한 국토의 꿈으로

별이 뜨는 무등산록을 홀로 헤맸다

곽재구   1954년 광주 출생. 1981년 〈중앙일보〉 신춘문예 당선. 시집 『사평역에서』, 『전 장포 아리랑』, 『서울 세노야』, 『와온바다』 등. '5월시' 동인. 신동엽문학상, 동서문학상, 대한민국문화예술상 등 수상.

바람 무덤

김영진

코끼리는 골짜기 은밀한 곳에
상아탑 쌓는다

허공 떠도는 바람은
어느 곳에 무덤 쌓는가

허공에 부채 활짝 펴 흔들면
세찬 바람이 불고
장정이 모여들었다는 무등산 의병길*
지나 소쇄원 들어선다

제월당 뜨락 둘러봐도
긴 담장 아래 흘러내리는 계곡
너럭바위 어디에도
바람 무덤 흔적이 없다

광풍각 처마에 걸린 초승달처럼
마루 끝에 걸터앉는다

댓이파리에 부딪히는 바람이

시르죽는 소리
텅 빈 대나무 가슴속으로
바람 삼키는 소리 듣는다

대숲이 어둠에 잠긴다
바람의 무덤이
의병의 창처럼 솟아오른다

* 무등산 의병길은 김덕령 장군의 의병 활동 시기 다녔던 풍암제에서 제철유적지까지
  3.5km 구간을 말한다.

김영진 2017년 『시와사람』 신인상 등단. 시집 『영구임대아파트 입주 문의』. 제2회 공
무원노동문학상 수상.

오인회 약사五人會 略史

김정원

1979년 유신독재의 총칼이 서슬 퍼렇던 시절 4월 19일, 이덕준 정대철 김효석 박종열 김정원은 양림동 김정원의 허름한 자취방에서 형제가 되자 하고 오인회를 결성했다 치기 어리고 거칠지만

목적은 시와 책을 읽자, 역사를 알고 의식을 깨우자, 논리로 무장하고 잔학한 독재정권에 대항할 강인한 정신력을 기르자, 죽는 한이 있더라도 배신하지 말고 형제애로 서로 용기를 북돋워 주며 정의롭게 살자, 였다

전봉준 정약용 함석헌 장준하 박헌영 김수영 신동엽 김남주 김대중 문익환 문병란 송기숙 헤겔 마르크스 브레히트 네루다 파농 카프카 체 게바라 레닌 모택동……
불온한 인문학 서적들을 대학생 형, 누나, 삼촌의 책꽂이에서 몰래 꺼내와 돌려 읽었다

토요일 오후 다섯 시가 되면 학동 김효석의 누님 집에서 일주일 동안 읽었던 작가의 글과 삶과 철학을 우리가 이해한 만큼만 장시간 토론을 했다 그 가운데서도 김효석과 이덕준이 탁월하게 논리를 펼쳤고 나는 자작시와 김수영과 푸시킨의 시를 낭송하곤 했다

저녁이 되면 소태동 배고픈 다리에서 술을 마시고 '투사의 노래(늙은 군인의 노래)', '아침 이슬' 같은 노래를 불렀다 박정희 독재정권에 대한 불타는 적개심으로

통행금지 시간인 줄도 모르고 고성방가를 하다 경찰에게 붙잡혀 파출소에서 밤을 지새우기도 했고, 무등산 중머리재까지 도망가서 다음 날 아침에 간첩들처럼 내려오기도 했다

1980년 5월, 우리 학교(광주 대동고) 3학년 전영진이 계엄군이 쏜 총에 맞아 죽었다 이덕준 김효석 김향득이 학생 전사로 전남도청과 YMCA를 사수하다 계엄군에게 굴비처럼 엮여 상무대로 끌려갔다

그 뒤에 서울로 간 박종열은 소식이 없고 오인회는 안갯속 같았지만, 이덕준 김효석 정대철 김정원은 전남대에 입학하여 다시 뭉쳤다 독서회와 탈춤반에 들어가 학생운동을 시작했다 학생들은 방패 든 전경들에게 짱돌을 던졌고 대자보를 내걸었고 닭장차에 실렸고 투옥되었고 강제 입영을 당했고…… 가까스로 졸업한 뒤에 동지들은 노동 운동에, 나는 전교조와 대안교육에 투신했다

6월항쟁과 촛불혁명의 어머니가 된 수많은 죽음과 저항과 민주화 투쟁을, 오직 다섯 사람만 아는 이름 없는 오인회의 역사를 알고 있다

등위가 없고 계급이 없고 언제나 말이 없는 무등산은

김정원 전남 담양 출생. 2006년 『애지』로 작품 활동 시작. 시집 『아득한 집』 외 7권. 동시집 『꽃길』 간행. 5·18광주민중항쟁소재글쓰기(시) 대상 등 수상.

광주, 무등산

김종숙

무등은
無等이다
무등은
분별을 두지 않는다는 말
사람, 생명이라는 말이다
무등은
하나라는 말
하늘햇살바람달별눈비산강바다들풀꽃나무바위돌모래흙……
경계 없음이라는 말이다

일천구백사십오년팔월십오일
먼데, 오랜 벗이 불현듯 찾아 들듯 맞게 된 해방
다시 조선은, 광주는 제2 점령군의 나라
봤는가, 제국주의의 군홧발이 조선을 접수하고 무등산 남쪽 끝 화
순탄광을 접수하고 당산나무를 접수하고 마당으로 들어선 자본주의
가 가마솥을 접수했다
갱도를 잃은 탄부들 섣부른 자본의 잣대질에 쫓겨 몇몇은 화탄부
대가 되고 파르티잔으로 내몰려 종국엔 이념의 정수리에서 푸른 밤,
별이 되었다
봤는가, 독재의 전체주의가 군부의 공권력이 팔십만 발의 탄환을

광주로 보냈다

　내 머리 위에선 조명탄이 터지고 피를 뒤집어쓴 도시는 봉쇄되었다

　사람들아!
　사람들아!
　누가 이념이 피보다 뜨겁다 했던가
　광주가 화순이 불의를 보고 절대 묵과하지 않는 성미를 지닌 것,
끝내 자유를 노래하는 것,
　순전히 無等의 눈을 가진 까닭
　탕탕평평,
　無等한 정신을 가진 까닭

김종숙　2007년 『사람의깊이』 신인상으로 등단. 시집 『동백꽃 편지』. 한국작가회의,
광주전남작가회의, 순천작가회의 회원.

광주로 가는 길
– 화순 너릿재

전문대학 한 학기만 다니고 그만둔 산수동 시절
무등산을 놀이터 삼아 떠돌다가
걸어서 못 갈 곳이 어디냐 싶게 학동 정류소까지 걸어
화순 군내버스를 타고 가다 내린 너릿재

터널을 지나 내려 보았네
화순에서 광주로 가는 유일한 길
그 길 오고 갔을 사람들

조선 개혁파 조광조가 유배로 지나가고
동학농민전쟁 땐 시신을 싣고 넘던 곳

오월 광주항쟁 때 시민들 넘어간 너릿재를
어머니 무등산은 보았으리

당신 치마폭에서 죽어간 억울한 죽음들
–여기 사람이 있단 말이요
해방 후 광주로 향하던 화순탄광 노동자들

미군의 무차별한 살상으로 죽어간 생목숨

어찌 눈을 뜨고 보았으리

미군정 폭정에 항의하며 저항하지만
진압당하고 잊힌
통한을 고스란히 안은 채

그 길에 서서 한참 보았네
우람하게 선 어머니 무등산을

당신의 치맛자락에 묻힌
탄광 노동자들 피맺힌 소리
바람이 되어 지금도 휘도네

김황흠 전남 장흥 출생. 2008년 『작가』 신인상. 시집 『숫눈』 『건너가는 시간』 시화집 『드들강 편지』.

무등산 가는 길

문순태

푸른 기억의 칼날 세우며

불면의 5월 밤 지새우던 날 아침

나 홀로 자동차 몰고

무등산으로 달려갔다

FM 라디오에서 흘러나온

임방울 쑥대머리 들으며

잣고개 너머 원효사 가는 길에는

새벽에 쏟았던 코피처럼

핏빛 철쭉이 바람 헤치며 흩날렸다

아무도 찾아오지 않는

다형茶兄 시비詩碑 앞 오래된 벤치에는

산벚나무 두어 잎 조용히 내려와

햇살과 함께 쓸쓸히 쉬고 있었다

선생님께 인사하고

이슬 깔고 앉은 나는

첫사랑 맛이라며

시인이 내게 처음 사주었던

칼피스 생각에 그만 목이 탔다

문순태 1965년 『현대문학』 시 추천. 1974년 『한국문학』 신인상 소설 당선. 주요작품 『징소리』, 『철쭉제』, 『타오르는 강』 등. 요산문학상 채만식문학상 이상문학상특별상 등 수상.

독수정 원림

박세영

무등산 무돌길을 돌아 산음동 된비알
흑염소가 운다
삽살개가 눈을 맞추고
촌닭들도 시늉하며 대동 세상 만들어간다
바람마저 몸을 굽힌다
낯설게 그리워지는 우리들의 고향
마을 언저리
구불거리는 시멘트 잔도 끝에
아련한 저 소리
무엇인가 맘 따라 간다
소나무 장병들이 에워싼 병부상서의
독수정 원림
북쪽을 향한 정자의 마루에서
아침마다 송도를 향해 곡을 하며 절을 한다
일편단심, 슬피 우는
아, 나의 아버지
저 산 너머 북녘에 찬바람 일까

노송 숨 바람이 바슬바슬,
맵찬 추위

홀로 선 내 마음을 녹인다

두 나라를 받들 수 없어

벼슬을 버리고 은거한 슬픔이여

카론의 배를 타고 스틱스강을 건널 때

회생의 노를 저어보지도 못하고

바라만 섰는

기구한 운명의 노거수

회화나무 자미나무

끌어안는 바람의 날갯짓

독수정 마루에 엎드려 애환을 달랜다

외로우나 결코

외롭지만은 않은 단련

박세영 강원도 횡성에서 태어나 빛고을 광주에서 성장. 2019년 『시와문화』로 등단. 시집으로 『바람이 흐른다』 『날개 달린 청진기』. 한국작가회의 및 광주전남작가회의 회원.

처사탐진최공찬익지묘

무등산 1,100 고지 서석대 오르다
입석대 아래, 잠시 숨 돌리고
누워 있는 돌기둥, 승천암을 지나면
그 곁에 외로운 무덤 하나 있다

내 몸 하나 끌고 오르기 이리도 숨이 찬데
누가 이 높은 곳에 시신을 묻었을까
다가가서 비바람 씻긴 비석 보니
'處士耽津崔公燦翼之墓'라

얼마나 오래된 무덤일까
비석 뒷면 살펴보니
'朝鮮開国四千二百六十六年'이라
서력으로 1933년이다

일제가 우리 강토 짓밟아
온 나라 백성이 나라 없어 서러울 때
무등산 정상 서석대에서
당당히 빛났을 '조선'의 연호

그 당당한 기운이 하늘을 덮고

백두대간 산맥 타고 흘러

만주 벌판 달리던 말발굽이 되었겠지

백수인 전남 장흥 출생. 2003년 『시와시학』으로 등단. 시집 『바람을 전송하다』, 『더 글러스 퍼 널빤지에게』와 시론집 『소통과 상황의 시학』, 『소통의 창』, 『현대시와 지역 문학』 등.

무등산에서 만난 사람

오미옥

무등에 올라
노무현 길을 걸었다
살인마 전씨에게 국회의원 명패를 던지며 항의하던
그 사람은 이제 세상에 없지만
그 발자취를 따라 당산나무 쉼터에 앉아본다
평등한 세상을 꿈꾸었던 그는
장불재에서 흰머리 억새로 휘날리고 있다
바람따라 흔들리며 웃고 있었다
손 내밀어도 맞닿을 수 없는 세상의 경계에서
바보처럼 웃고 있는 당신을 만나 마음 따뜻해져
무등을 내려오는 길
나는 또 시인 김남주를 생각했다
고추를 따고 있는 어머니의 밭으로 가고 싶다 했던
푸른 옷의 수인이었던 그도
고추가 붉게 익어가는 이 가을에 없다
무유등등無有等等 세상을 위해
저항을 멈추지 않았던 그는
그러나 물봉이었던 사람
문빈정사 돌계단을 오르고 내려오는 동안
분노와 슬픔으로 착잡해진 나는

무엇을 하겠다는 것도 아닌데

너덜겅에서 주운 돌 하나

주머니에서 만지작거리며

가슴이 뜨거워지는 무등의 가을속에 오래 서 있곤 했다

오미옥　광주 출생. 2006년 『사람의 깊이』에 「참새의 죽음」 외 4편을 발표하며 작품
활동 시작. 시집 『12월의 버스 정류장』.

청풍에서

― 김삿갓*을 추억함

오성인

떨쳐내려 해도 도저히
떨어지지 않는 것이 있다

죽어서 살이 썩고 뼈가 닳고
이름마저 사라져도

땅에 늘어진 꼬리처럼
낮과 밤을 가리지 않고

꿈에나 생시에나 악몽처럼 종종 짓밟힌다

땅이 없어 곳곳을 떠도는 농민과
제때 임금을 받지 못한 노동자와
소외된 지식인의 하소연을 들어준

죄목으로 더는 나아갈 길이 없다

질긴 굴레로부터 벗어나기 위해
대대로 걸어왔던 길을 갈아엎어도
걸어야 할 길은 떠오르지 않으니

어둡고 막막한 생, 바람에 맡긴다

부처는 없고 건물만 화려한 절간과
인륜을 등진 채 천륜을 논하는
학당, 지식을 장식처럼 피부에 새긴

이들이 일순간 휘몰아친 바람에 뒤집어져
길이 된다, 길이

열린다

무등 자락, 이곳에선 누구나 바람이 길이고
길이 혁명이라는 것을 알게 된다

산과 삿갓이 한통속이듯

걸어온 길은 모두 바람
안에 있다

* 본명은 김병연(金炳淵, 1807~1863). 조선 후기 시인으로 본관은 안동, 자는 성심(性深), 호는 난고(蘭皐)이다.

오성인 2013년 『시인수첩』 등단. 시집 『푸른 눈의 목격자』 대산창작기금 수혜, 나주 문학상 수상.

눈알을 파먹은 물고기

이도윤

　한젊은이가죽었다수배된한대학생이죽었다이철규라는조선대학교
학생이물에빠진채로죽어있었다한쪽눈알이튀어나오고시뻘겋게정지
되어검게그을린채눈을부릅뜨고누워있는철규를맨처음본것은수원지
개였다나하늘에떠있는별이었다나호반산장을향해가던한수배대학생
은도깨비같이어두운밤무등산제4수원지에서검문을받은후도깨비같
은죽음으로우리들앞에서있었다피냄새가채가시기도전에남녘에서참
혹한죽음치떨리는죽음아단한번만이라도좋으니네죽음을말하라어머
니가울부짖자몽둥이와최루탄은광주시내를미친듯돌아다니며물고기
가눈알을파먹은것이라고눈에핏발이섰다이번에터지면걷잡을수없는
것이여살아나면우리는다죽는것이여오공과육공은죽자살기가되었다
눈뜨고못볼죽음이땅에끌어올려지고삼일이되기전에부활을막아야한
다고눈알을파먹은물고기를찾아야한다고물고기가우리시대의최고적
이라고몽둥이와최루탄이미쳐버렸다다른소리하지마익사야익사물에
서꺼내놓고보니죽어있었잖아익사야익사망치는법의이름으로땅땅땅
반항하는놈들의뒤통수를내갈겼다왕립과학수사연구소는순익사백프
로라고적고보증서를내놓으라는시민들을향해박종철이사건도우리가
쪽집게처럼익사라고찾아냈지않으냐기억력이있냐없냐해가며믿으라
고악을썼겄다위대한태평양시대야무한히뻗어나갈서해를바라보아서
해가중심인데어디그쪽이남녘이야좌녘이지시끄러운놈들아니야말많
은거공산당이란사실알고있지통일투쟁마흔다섯해삼월오늘도구국의

단심으로민족해방의한길과민족조선건설의선봉에서억센투쟁으로살
고자하는민족조선인에게이책을바친다고철규는마지막으로교지민주
조선을만들었었다그러나그배를갈라보니플랭크톤이검출되었다고법
이소리치고난후내배를다시찢으라미국해부학자앞에철규가뛰어나오
려하자여섯개의칼이육방에서튀어나와번쩍이며당신은철저한반미주
의자이며애국청년학도인데미국놈칼날아래다시죽을수있느냐고미제
는이땅을떠나라고보통고릴라표법이발광을해버렸다반항하는놈배를
찢어버리겠다세상물마시고사는놈들플랭크톤없는놈있겠어너도임마
익사야익사광주촌법들은이철규가영전시켜그후서울의법이되었다익
사만세!

이도윤 1957년 광주 출생. 한양대 및 한양대 언론정보대학원 졸업. 1985년 『시인』지로
등단. 시집 『너는 꽃이다』 『산을 옮기다』 시전문지 『시인』 발행인.

엄마는 고양이[*]

이봉환

솔직히 일 잘하는 농사꾼은 아니지요 엄마는

자그마한 행랑채가 딸린 외가에서 곱게만 자랐는데,

해방 무렵 교사였던 큰외삼촌이 '여순반란군에게 인공기를 그려줬
다'는 죄목으로 총살당해 학교 운동장 측백나무 밑 거적에 덮인 뒤부
터 일곱 살 엄마는

늘 등에 업혀 학교 가던 오빠의 따뜻한 앞이 그리웠던 엄마는 시집
올 때 몰래 산비탈 외삼촌 돌무덤에 가서 종일을 울었다는 엄마는

"니 큰외삼촌이 그리 되지만 안 했어도 어디 이런 노무 집에 시집
이나 왔다냐?"

가세가 많이 기울었어도 흙 손에 안 묻혔다는 엄마는 두어 마지기
논바닥 들쳐 메고 저금 난 이서방한테 맡겨진 열아홉 아린 처녀

시집와서도 일을 할 줄 몰라 멍하니 부엌 구석에 있다가 시어미 구
박이나 받고

서방이 시킨 대로 그의 그림자나 되어 밭에 가자 하면 소 따라 밭
에 가고 모낼 때 강아지 따라 새참 내고 모 심던 엄마는

항상 앞이 되어주던 서방이 훌쩍 앞서 황천으로 떠나버리자

홀연, 또 앞을 잃고 엄마는 뭘 보고 뭘 듣고 뭘 먹고 뭘 해야 할지
를 몰라 석 달 열흘

"첨으로 나 혼자 씨나락을 담그는디, 캄캄하고 막막해서 앞이 보이
들 안 트라 앞이."

시시때때 물꼬 트고 피 뽑고 어찌어찌 버텨왔으나 몸속 기계는 골
골골
전기장판에 눕혀놓은 고장 난 삭신에선 고양이 울음이 옹알옹알
많이 아프요? 아니야옹, 뭐든 꼭꼭 씹어 잘 드셔야 해요 이이냐옹
울적해서 방을 나서면
제 앞이라는 걸 한 번도 가져본 적이 없는 고양이 한 마리
졸졸 내 뒤만 따라다녀요 엄마, 엄마, 응냐옹, 응냐아옹

* 외삼촌께서 포두국민학교 교사셨을 때 '여순반란'에 가담했다는 동네 사람의 지목에 의해
경찰에게 총살당해 교정 측백나무 아래 몸을 누워 계셨으나 그분의 혼이 사방으로 퍼져
나가 엄마가 되고 오일팔이 되고 무등산이 되고 제가 되고 제 아내가 되었지요. 나는 앞으
로 그 긴 이야기를 쓸 겁니다.

이봉환 1988년 『녹두꽃』에 「해창만 물바다」를 발표하며 작품 활동을 시작. 시집 『응
강』 외.

요산요수樂山樂水

이창수

무등산 고개 넘다 보면 김삿갓이 썼다는 요산요수라고 적힌 비석
이 있다. 호젓한 그 산길 걷다 여자가 물었다. 오빠 저게 무슨 말이
야. 락산락수야 남자가 말해주자 아! 여자는 자랑스러운 눈빛으로 남
자를 바라보았다. 혼자 족두리봉 오르는 길에 토끼봉 약수보다 맑은
오래전 그 여자의 예쁜 눈이 생각났다.

이창수 1970년 전남 보성 출생. 시집 『물오리사냥』 『귓속에서 운다』

무등산에는 나의 은사가 산다

이효복

외등을 끄고 가만 바라다보면
수척한 솔바람 내 마음 가득 여위어
걸어도 보고 달래어도 보고
해마다 이맘쯤 물봉선으로 피어납니다

당신의 호기, 불끈 용 솟아 아롱거리는 저기,

가끔씩 뜨겁게 나를 일깨워 가다보다
당신을 유람합니다

오늘도 책 가득 배낭을 메고 상생의 꿈 나서는
한학과 철학까지 두루 빼어난 역사학자 송문재 선생
명품도원마을 이장
아, 나의 은사

당신을 보러 버스를 타요
1187미터 높이 천지인의 봉우리 정상을 위해
1187번 버스를 타고 무등산 옛길로 당신을 보러 가요

무등산 무돌길 51.8키로,

싸릿길 조릿대길 덕령숲길 원효계곡길 독수정길
백남정재길 이서길 영평길 걸어도 보고 나무들,
바람의 숨결, 새들의 지저귐, 바닥의 돌멩이까지,
걸어서 걸어서 재를 넘어 고사리도 팔고,
감도 따다 팔고, 이야기가 있는 굴지의 숨은 마을들,
6·25도 지나고 5·18도 지나며 묵묵히 지펴온 불씨,
이제 달랑 홍시처럼 가을은 온 시야에 퍼질러져
아름다운 어둠을 켜지요

당신을 보러 버스를 타요
무등산의 고운 능선 고비마다 당신의 말씀 새겨들어요

병을 만드는 것도 나 자신이요
병을 거두는 것도 나 자신이다
독한 마음 저미어 난치병 이겨냈다죠

주상절리 은빛수정 불멸의 은사
필사의 의지로 일어서고 또 일어서는
거기, 무등산이 있다는 것을
오늘도 마을 막다른 길 누비며

당신, 보름달로 떠오르고

신선이라 말해요
무등산지기 무등산인 나의 은사
팔순의 영원한 청년,

안심길 수만리길 화순산림길 만연길 용추길
광주천길 푸른길
모다 15길 51.8키로 걸어나오며
당신을 보아요
내 마음 보름달 져요
해마다 이맘쯤 물봉선으로 피어올라요

평생을 평교사로 교단을 지키며
참교육에 앞장서다
무등산 자락 규봉암 아래 초로의 집 한 칸 들여
무등인이 된 나의 스승 나의 은사

오늘도 당신을 만나러 가요
무돌길 가다보다 애달파지면

앞도 보고 옆도 보고 돌아도 보고
가다보다 노란 들녘 밤알 여무는
억새 보드랍게 다가와 길을 여미는
무등의 신령,

당신의 발길과 말씀이 켜켜이 한가득인데

오늘도 당신을 보러 무등에 올라요
한 해가 다 가도록,
한 해가 다 저물도록
천지간에 그러모아
번개같이 감응할 날 또 언제이리니

소리마다 으뜸이라 말씀마다
좌선한 듯, 길은 무더기로 비탈길 굽어 천연의 시무지기,
곳곳마다 무릉이라
발길 닿는 곳곳마다 당신을 보아요

이효복 전남 장성 출생. 조선대학교 국어국문학과 졸업. 전 국어교사. 1989년 부부시집 『풀빛도 물빛도 하나로 만나』, 2020년 시집 『나를 다 가져오지 못했다』. 한국작가회의 회원.

무릎 아래 꽃이

정양주

1950년 10월 열일곱의 소녀
무등산 넘었어요
산길에서 흰 서리 둘러쓴 용담과 구절초 보며
참 곱다 철없는 생각을 했지요
무등산 이어진 백아산 아래 유치원을 열어
함께 산 오른 이의 어린 자녀들과 산골마을 아이들
함께 꽃목걸이도 팔찌도 만들며 놀았어요
아이들 웃음 속에서 용담꽃 닮은 푸른 하늘
눈 내리기 전 무등산 너머
여고생으로 다시 돌아갈 날 기다렸지요
그러나 첫눈을 지리산에서 맞았고
광주형무소 창문 틈으로 무등산을 보고
다니던 학교 근방이라는 것 알았어요.
여고생을 훌쩍 건너뛴 세월도

팔십 넘어 가을날 보리밥 먹으며
신선대에 백마능선에 피던 용담 구절초 떠올렸지요
산등 서너 개는 한달음에 달려가던
지금은 다 망가진 무릎 만지며 속삭였어요
네가 디뎠던 자국마다 지금도 꽃송이 피고 있어

열일곱에 꽃 보며 예쁘다 생각한 일

무릎 아래 피던 그 꽃이 나를 일으켜 세웠어

정양주 전남 화순 출생. 전남대학교 국어국문과 졸업. 1989년 〈무등일보〉 신춘문예로 작품활동 시작. 시집 『별을 보러 강으로 갔다』.

둥근 비상구

조성국

하늘 한가운데 달이 무등산 4수원지에 동그란 구멍을 내놓는다

명주처럼 푸르른
언젠가
일 계급 특진에다 현상금 두둑한 지명수배 받고 후다닥 쫓겨 뛰며
숨 가쁜 청년

익사했다는 날도 이렇게 야심했었다

조성국 전라도 광주 염주마을 출생. 1990년 『창작과 비평』 봄호에 「수배일기」 외 6편을 발표하며 작품 활동을 시작. 시집 『슬그머니』 『둥근 진동』 『나만 멀쩡해서 미안해』 등. 동시집 『구멍 집』 평전 『돌아오지 않는 열사, 청년 이철규』 등.

무등산과 삼인산

최두석

만주를 국토에서 제외시킨 채
이성계가 왕이 되었을 때
호남의 거의 모든 샘에서는
물이 솟지 않았더란다
그리하여 무등산에 제단을 쌓고
기우제를 지냈더란다

그러나 아무리 제사를 지내도
무등산 산신은 응답이 없고
이성계는 무등산에
산신이 없노라고 우기고 자리를 옮겨
고향 뒷산 삼인산에 기우제를 지냈더란다
그랬더니 과연 비가 내리더란다

역사에는 없는 이런 전설을
동네 어른들은 말하며
그래도 이게 작지만 영산이라고
김 의원 혹은 조 장관의 출세도
삼인산 기운 탓이라고
실로 맹랑한 이야기들을 나누었다

물론 어른들은 이성계가
무얼 억지로 우겼다는 말은 하지 않았고
어린 나는 무등산에
정말 산신이 없었던 모양이라고 믿었다
그리고 그 속에 역사의 배신이 숨은 줄은
꿈에도 몰랐다

길이 남길 소중한 이야기는 인멸하고
지배자의 자기 합리화만 무성하며
무등산 같은 거인의 자취는 묻힌 채
삼인산 같은 소인배가 득세하는
그렇지만 이제로부터 기어이 바로잡아야 할
우리 역사.

최두석 1980년 『심상』을 통해 등단. 시집 『대꽃』, 『임진강』, 『성에꽃』, 『사람들 사이에 꽃이 필 때』, 『꽃에게 길을 묻는다』, 『투구꽃』, 『숨살이꽃』 등.

제4부

무등을 향하는 연가

고규태 김규성 김준태 김호균 김희수
나종영 문귀숙 박관서 박몽구 박성률
박선욱 서효인 성미영 이민숙 이상인
임동확 정운진 조진태 최기종 황지우

당신, 거기서 첨 뵈었네

고규태

59, 내가 태어난 화순 능주 원지리
그곳 너머테 야트막한 황토 고갯녘 왼짝

하늘 찌르는 조선솔숲의 이짝 패마등에는
꽤나 크고 위 반반한 바위 셋 있었네

그중 으뜸의 것 가상자리에 덩실 서서
나와 동무들 나란 나란히, 누가누가 멀리 가나?

사추리 훌러덩 내려 오줌 갈기기 시합―
이것들아 잘들 봐 요번에도 해 보나 마나여―

이제는 온몸 다 삐걱 삐거덕 흐물거리지만
그때만 하여도 아랫도리에 힘 바짝 주면

꺽대 녀석 긴 그림자 홀쩍 지나 젤 멀리
내 오줌발 날아가 꽂혔지 뙈기풀 파이도록

일곱 살 세한의 그날도 응당 내가 1등
애들은 에잇 하며 풀 죽고 난 기세등등 으쓱

그러다 차운 허공 바라보니 저어짝에 문득
드높이 아스라이 새하얀 봉우리 하나

배고픈 줄 모르고 놀다가 집에 온 늦저녁
엄니! 패마등 바우 우에서 오늘 봤는디

쩌 쩌어짝에 있는, 질로, 지일로 높은 산
그 이름이 뭐여? 오메- 그런 것도 모른다냐

무등산이여 무등산! 그으래? 좋아… 낼 공일인께
아침밥 일찍 묵고 가볼텨 언능 올라가볼텨

넌 어린께 못 가야, 멀기도 허고 높기도 허고
아 아녀, 걸어가면 먼디 뛰어가면 가차워

그 밤, 발도 아니 씻고 곤한 잠에 빠져들고
꿈속을 뛰고 달리고 허연 봉우리 점점 다가오고

뒤에 알게 된 그 돌 고인돌 위에서 난 그렇게

아슬한 당신을 첨 뵈었네, 그 후로 주욱–

고향 떠나 빛골 떠나 외지 휘돌면서도
이날 이태껏 주욱 다 당신은 나의 설레임

고규태　1959년 전남 화순 출생. 전남대 불문학과 졸업. 1984년 부정기 시전문지 『민중시』 1집으로 등단. 시집 『겨울 111호 법정』, 장시 「만불산」등 집필. 민주화운동노래 「광주출전가」, 「전진하는 오월」 등 다수 작사.

무등산 2021

김규성

바라만 보아도 좋다 그 앞에 서면
나도 모르게 두 손이 모아지곤 한다
별도 없이 깊은 밤에도 저 성황당은
가사를 지운 노래의
외마디 간절한 주문으로 다가온다
그동안 나는
지상의 소음으로부터 달아난다고
내 안의 여러 생
그 불협화음과 부딪칠 뿐
저 고요를 내 속에 품을 줄은 몰랐다
산은 산이고 나는 나일뿐이었다
그리고 그 자리에는
세상의 녹슨 말 거품들만
흰 먼지와 검은 안개로 쌓여 갔다
보아라 그러니
저 푸른 교요의 깊고
고른 숨소리를 되찾기 위해서는
그 허파로 부터 멀어져 온 그만큼
짙은 어둠 속에서도
내가 잘 알아듣게 나를 부르며

가슴 떨리도록 살아보는 것

오월의 끝자락에서 잃어버린

나를 찾아 우리의 자리에 두는 것

때로 혼자뿐인 것 같을지라도

내 심장 소리는 내 귀로 듣고

하나의 언어로 무수의 우리와 만나는

그것이었다 그것이었다

그리하여 이제는

보란 듯이, 일렁이는 목숨의 파도

그 작은 파문조차도

깊고 뜨거운

상처처럼 감싸고 어루만질 것이다

그 아문 자리는

시들지 않는 꽃으로 피울 것이다

김규성 2020년 『현대시학』 등단. 시집 『고맙다는 말을 못했다』, 『신이 놓힌 악보』,
『시간에는 나사가 있다』, 산문집 『산들내 민들내』 『맘』 『모경』 『산경』 등.

무등을 향하는 연가

김준태

내가 가는 길을 잃었을 때
내게 가는 길을 보여주고
내가 노래 부르고 싶을 때
내게 노래를 불러주는 산
내가 먼먼 나를 찾아갈 때
하늘 땅 사람이 하나이듯
내게 손짓해 오는 산 무등!
오늘도 나와 같이 걷는다!!

김준태　1948년 해남 출생. 1969년 시전문지 『시인』지로 한국문단에 나옴. 시집 『참깨를 털면서』 『국밥과 희망』 『쌍둥이 할아버지의 노래』 등, 산문집 『백두산아 훨훨 날아라』 등 저서 50여 권. 현재 '금남로작업실'에서 집필.

무등산

김호균

무등산은 압력솥,
폭발하지 않은 채 따글따글 소리를 내는 압력솥,
보이지 않지만 해발 1,187m의 압력이
어느 날,
시내버스 번호판까지 1187로 바꾸어놓은

백악기 팔천칠백만년 전부터 시작되어
아직까지 따글따글거리고 있는 솥,

밥을 만드는 솥,

선거철마다 머리를 조아리게 하여 표를 만드는 솥,

무등산은 뭐랄까,
모두를 위한 밥이 될 때까지
끓고 있는 솥,

뜸을, 뜸을 들이고 있는 압력이 냉갈을 나게 하는 솥이다

김호균 1994년 〈세계일보〉 신춘문예로 등단. 시집 『물 밖에서 물을 가지고 놀았다』
현 아시아문학페스티벌 집행위원장.

무등 아래서

김희수

무등 아래서
총각 처녀들 눈맞아 사랑 나누고
아들은 커서 더 큰 아버지
딸은 자라서 더 큰 어머니
장불재 넘어오는 기상을 보듬고

무등 아래서
갈풀 흐득임에 자다 깨어서
더러는 집 나가 돌아오지 않는 아들 있길래
돌아 누워도 잠들 수 없어
밤마다 사투리로 숨죽여 우시는 어머니

무등 아래서
산자락 포근히 안고 잠들고파서
저 깊은 어둠 깨우고파서
골짜기 내려오는 산 물줄기에
그 시절 꽃잎 진 혼을 씻고
맘대로 울지 못하던 무등!

오호 헛되지 말거라

네 발등에 묻은 핏자국

헛되고 헛되어 모든 것 헛될지라도

김희수 1949년 담양 출생. 1983년 『민족과문학』, 1984년 창작과비평사 17인 시집 『마침내 시인이여』에 작품을 발표하며 등단. 시집 『뱀딸기의 노래』, 『오늘은 꽃잎으로 누울지라도』, 『저 들녘에 내가 있다』 외 다수.

무등산은 어디서 보아도

나종영

무등산은 송정리에서 광주로 들어가는 길목
자운영꽃 흐드러진 극락강 장암 벌판에 서서 보아야 가장 눈부시다

무등산은 진달래 필 무렵 사직공원 전망대에서
뾰쪽한 조선대학교 하얀 건물을 지우고 봐야 가장 아름답다

무등산은 5·18 구묘역 김남주 시인 묘에 절을 하고
몇 걸음 나와 출렁이는 이팝나무 잎사귀 사이로 봐야 가장 처절하다

어머니 젖무덤 같기도 하고, 떼주검이 켜켜이 쌓인 커다란
뫼똥 같기도 하고, 거대한 신목神木의 뿌리 같기도 한

무등산은 화정동이나 금남로에서 도청광장 쪽으로 어깨동무를 하며
만년설 같은 첫눈을 머리에 인 영봉靈峰을 바라볼 때 가장 장엄하다

무등산은 한마디로 광주 어디에서 보든, 전라도 땅 어디에서 보든
무등산은 무등산이고 무등산은 사시사철 언제나 무등답다.

나종영 1981년 창작과 비평사 13인 신작시집 『우리들의 그리움은』으로 작품활동 시작. 시집으로 『끝끝내 너는』 『나는 상처를 사랑했네』 등. '시와 경제', '5월시' 동인으로 활동.

꽃 안 핀 봄*

문귀숙

무등의 바람에는
뜨거운 숨이 있다

찬 서리 녹기도 전 눈이 쌓이면
깊어진 겨울 위에 해진 멍석을 깔고

자, 한 판 놀아보자

서석대가 굵은 삿대질을 한다
너덜겅의 돌들이 초랭이탈을 쓰고
탈춤을 춘다

입은 비뚤어졌어도 말은 바로 하자
높은 자리 사람들은 늘 구름 위에 살고
땅을 딛고선 사람들은 발이 시리다

꽹과리 꽤굉꽤굉
골짜기 숨어 귀를 세우는
고라니 토끼 다 불러들인다

모여서 한판 뛰어보자
땅심이 후끈해지도록
고을이 뜨거워지도록 소리쳐보자
넘나들며 사는 세상을 만들어보자

북소리 둥둥

바람재를 지나 중봉*에서 멈췄다
할 말을 다하지 못하고 멈춰버렸다

혹한에 얼어버린 청춘은
눈이 녹아도 꽃이 피지 않는다

한 사람의 한 꿈이 사라졌다

품이 넓은 것으로 하면
무등산만큼 넓은 품이 있을까마는

무등의 바람에는
지울 수 없는 슬픔의 결이 있다

* 기혁의 아버지, 기세문 통일운동가의 옥중 시집 제목.
* 1965년 출생한 기혁은 전남대 의대에 입학, 서클 '탈'에 가입해 학생운동에 앞장섰다. 학원
  민주화 투쟁 중 1985년 행방불명된 뒤 무등산 중봉에서 동사체로 발견돼 광주 망월동 민
  족민주열사 묘역에 안장됐다.

문귀숙 2016년 〈광남일보〉 신춘문예 시부문 당선. 2009년 5·18문학상 동화부문 당
선. 시집 『둥근 길』

무등산을 보며

박관서

오를 수 없는 산을 오르는 소년들이 있다

산 아래에서 일어났던 많은 일들이 실은 산에서 시작되었거나 산에서 끝이 났다 단단한 고추 달린 아이를 낳게 해달라고 무등산 입석대를 향하여 흰 사기그릇에 찬물을 떠놓고 빌던 어미도 없고 보리밥 그릇마저 비워가던 순사에게 맞서다 맞아 죽은 할아비의 시신을 지게로 지어다 몰래 중머리재 아래 산비알에 묻고 돌아오던 아비의 기억도 가물가물 족보는커녕 주민등본에서도 지우고 맹랑하게 살아가지만 멀리 가까이 한 번도 죽지 않고 사는 무등산을 보면 지워진 슬픔을 지우며 웃는 소녀들도 보인다

하늘 하늘
무등이란 말, 참 목이 메인다

박관서 전북 정읍 출생. 1996년 계간 『삶 사회 그리고 문학』 신인 추천. 시집 『철도원 일기』, 『기차 아래 사랑법』 간행. 제7회 윤상원문학상 수상.

무등 혹은 우리들 마음의 기둥

박몽구

잘못 가는 길에서 맡겨진 몸밖에
남이 지배하도록 버려두는 마음밖에
남은 게 없을까 싶을 때
그것이 강가의 모래알처럼 불어날 때
탁한 강물에 이대로 휩쓸려 가고 말수는 없을 때
무등을 생각한다
손에 손 맞잡고
쓴 잔을 들이켜며
새벽마다 포로된 마음들을 소스라쳐 놀라 되찾으며
어둠 앞에 굳게 선 무등을 생각한다
꿈속의 맨발로 광주에 간다
캄캄한 밤에는 하나의 별
가시밭길 속에서는 저 하나
기꺼이 상처 안고 누워서 돌파구가 되는
무등의 형제들을 생각한다
써 봐야 써 봐야
백지만 흩날릴 때
칼 위를 걷는
성한 데 없는 몸뿐일 때
꺾여도 꺾여도 고개를 다시 꿋꿋이 쳐드는 무등은

조그만 실패 하나로 주저앉으려던 나를

번쩍 안아 일으킨다

그리움으로 그리움으로 치달리게 한다

박몽구 1977년 『월간 대화』로 등단. 시집 『칼국수 이어폰』, 『황학동 키드의 환생』, 『단단한 허공』 등. '5월시' 동인. 계간 『시와문화』 주간.

무등의 말

박상률

나는 산이올시다.

여름이고 겨울이고 봄이건 가을이건 그 자리에 짠하디 짠하게 앉아 있는, 그러나 푸지고 푸진 것들 품 안에 힘껏 보듬고 사는, 높거나 낮거나 좋거나 나쁘거나 하는 등급이 없는 무등無等이올시다.

아, 무엇보다도 저 아래 피어난 오월 딸기꽃 숨소리까지 듣고 있는 난,

나는 산이올시다.

박상률 1990년 『한길문학』 신인상. 시집 『진도아리랑』, 『배고픈 웃음』, 『하늘산 땅골 이야기』, 『꽃동냥치』, 『국가 공인 미남』, 『길에서 개손자를 만나다』.

무등산

박선욱

길 잃어 캄캄할 때
사랑 잃어 고독하여도
어둠 속 한가운데 우뚝 서 있다가
다정스레 다가오며 말을 건네는 산
아침이면 햇살 머리 이고
눈부시게 떠오르는 산

바람 불면 바람을 가르고
눈비 오면 눈비를 가르고
빛고을에 터를 둔 눈빛 순한 이들을 바라보며
넓은 가슴 두 팔 벌려 늘 힘 있게 껴안는 산

담양 화순에서 영산강 섬진강 유역까지
고루고루 숨결 불어 넣으며
우리들의 가난한 꿈조차 꺼뜨릴새라
가만가만 밤새 물레를 돌리다가도
찬 새벽 푸른빛 퍼 올려
하룻날 햇귀에 뿌려주는
무등등 무등등등 우리들의 어머니 산

박선욱 1959년 전남 나주 출생. 1982년 『실천문학』으로 등단. 시집 『그때 이후』, 『다시 불러보는 벗들』, 『세상의 출구』, 『회색빛 베어지다』, 『눈물의 깊이』 등. 본격 평전 『윤이상: 거장의 귀환』으로 2020년 제3회 롯데출판문화대상 본상 수상.

수박 나눠먹기

여름전국신앙학교에서의 일이었다. 광주에서 충청도로 가는 길의 중간에 버스를 세우고 길에서 파는 수박을 여러 개 샀다. 지도신부가 미리 왜 미리 수박을 준비하지 않았느냐고 타박을 한 모양이지. 고등부 몇몇이 수박을 날랐다. 도착하니 몇 개는 깨져 있었는데, 깨진 틈새로 보이는 수박의 살이 영 미심쩍은 것이다. 아니 수박이 왜 이렇지. 설익은 겐가, 너무 익은 것인가, 갸우뚱하며 수박을 반으로 갈랐는데 수박이 갈수록 가관이다. 어느 수박은 무참하게 빨갛고 갯벌처럼 흐물거리고 저 수박은 멍청하게 희푸르고 생무처럼 깡깡하고 하여 이걸 뭐라고 설명해야 하지, 이걸 수박이라 할 수 있나, 신부도 수녀도 세례자 요한 형제도 가브리엘라 자매도 몰라서 쩔쩔매는데, 서울에서 충청도로 미리 와 있었다는 서울 어느 동네 성당 교리교사가 그런다. 이게 무등산 수박이라 그런지 맛이 참 특별하군요. 다들 맛을 보라고 하니, 광주 사람 아닌 사람들이 무등산 수박을 맛나게 먹는다. 저 표정을 뭐라고 해야 하나, 저 믿음을 무엇이라 이름 붙여야 하나, 기도라도 해야 하나, 뭐라 기도해야 하나, 저 수박을 무등산 수박으로 바꿔달라고? 그사이 신자들은 믿음과 배려로 무등산 수박을 한입씩 먹고 자기 자리로 돌아갔다. 먹다 남은 수박에 씨앗인지 파리인지 모를 것들이 신앙처럼 들러붙어 있었다.

서효인 2006년 『시인세계』로 등단. 시집 『소년 파르티잔 행동 지침』, 『백 년 동안의 세계대전』, 『여수』가 있음. 김수영문학상, 대산문학상, 천상병시문학상 수상.

무등

성미영

우리는
당신의 등을 밟고 일어섰습니다
넘어야 할 산을 만날 때마다 당신은
오르지 않고도 오를 수 있을 때까지
당신의 등을 밟고 올라서라 했습니다

눈물을 닦으며 빠져나오던 외로운 길에서
당신은 슬픔을 마중해주었습니다
살맛나는 세상을 외치다 마주한
어두운 골목에서도
흰 이를 드러내며 조용히 웃어주었습니다
마음 밖에서는 무엇도 구할 수 없음을
알았을 때 고개를 끄덕여주었습니다

어둠의 능선을 넘다 스러져간 이들
껴안고 보듬어 되살리는 무덤이 되었습니다
무등으로, 무덤으로
어디에 있든 세상의 기둥이 되어준 당신
끝없는 너머의 세상을 이야기하며
무등한 세상을 꿈꾸게 합니다

성미영 2017년 「작가」 등단. 한국작가회의여수지회 활동.

아침산

이민숙

그 산은

도토리를 낳아 다람쥐를 키우더라
다람쥐 아침이슬 아래
제 새끼를 낳고 그 새끼 참나무를 낳더라

참나무 친구 대나무
죽창가를 낳았더라
죽창가는 노래 너머 노래!
다람쥐가 낳은 새끼가 쪼르르르 산을 뛰어다니듯
그 아름다운 자유!

대숲을 흔드는 바람처럼
인간이 날개 달고 부르는 아침이슬
광야를 헤엄치는 돌고래도
자유를 그리워했을 뿐

그 산의 자유는
포효하지 않는다더라
민중의 영혼들이 고요히 어깨를 겯고 걸어가더라

오른발 왼발 차별하지 않고 껴안는
장엄한 지구 한 바퀴 마라톤을 응원하는 산
오른발은 왼손을 좋아하고
왼발바닥은 오른손이 탁탁 두드리더라

자비를 가부좌한 부처를 만나는 산
사랑을 우러르는 예수를 만나는 산
최시형을 만나 새 민족혼을 깨우는 산

훌훌 억압 풀어헤치는 짚세기 신고 넘어온 산 그림자
그 아래 아침이슬도 제 몸 바쳐 한 세상 노래하더라
어깨 오른쪽 팔뚝 왼쪽 선善하고 선鮮한 꽃이 그 산이더라

이민숙 1998년 『사람의 깊이』에 「가족」 외 5편의 시 발표하며 작품 활동 시작. 시집
『나비 그리는 여자』 『동그라미, 기어이 동그랗다』 『지금 이 순간』.

늘 이마 짚어주는 무등산

이상인

우리가 오르고 또 오르고자 했던
모두가 아름답고 귀한 나라
힘찬 걸음걸음들이
대오 흐트러지지 않고 앞으로 앞으로
목청껏 불렀던 노랫소리

세상이 어지러울 때마다
너도나도 손을 잡고 모여들었다.
쓰러져도 다시 일어서고
일어나서 뜨겁게 외치며 달려가던
그날의 억새들이
하얗게 손 흔들고 있다.

늘 말없이 바라보며
봉숭아꽃보다 더 붉은 울음 울던
가슴이 넉넉한 세상
우리가 오르고 오르다가 지쳐 있을 때
어느새 우리에게 성큼 다가와
따스하게 이마 짚어주는 무등산

이상인 1992년 『한국문학』 신인작품상 시 당선. 2020년 『푸른사상』 신인문학상 동시 당선. 시집 『해변주점』, 『연둣빛 치어들』, 『UFO 소나무』, 『툭, 건드려주었다』, 『그 눈물 이 달을 키운다』. 제5회 송순문학상 수상.

불새

임동확

제 그림자 하나 맘껏 뻗지 못하는
검게 그을린 시간의 산등성이
몸이 커 버림받은 불새가 앉아 있다

갈대꽃만 온통 절정인 눈 푸른 가을 능선

날지 못하는 기다림의 깃털을 부풀리며
저만의 크기로
아주 오래 숨죽여 울고 있다

그렇다 한 번 날기 위해
아니 두 번 죽지 않기 위해 천년을
저렇듯 자세조차 틀지 않은 채
돌처럼 견딜 수도 있겠구나

그러다가 절박하면 제 안 깊숙이
파고들어 거기 그대로 웅크린 채
순명順命해갈 수도 있겠구나

임동확 1959년 광주 출생. 1987년 시집 『매장시편』을 펴내면서 작품 활동 시작. 시집 『살아있는 날들의 비망록』, 『운주사 가는 길』, 『벽을 문으로』, 『처음 사랑을 느꼈다』, 『나는 오래전에도 여기 있었다』, 『태초에 사랑이 있었다』, 『길은 한사코 길을 그리워한다』, 시론집 『사람이 꽃보다 아름다운 이유』 등.

저, 큰 산의 이유

정윤천

계절들이
내 앞에서
휘기도 했어
계절의
어느 골목에서는
(언제나 그 시간이면
집 앞에 나와
길 고양이를 쏘아보는
노인)
이 들어 있기도 했어

나의 춤이
가끔 화려해지는
밤도 있었지

무엇에겐가 몹시
쫓겨나고 난
다음이었는지
몰라

작은 새들이
큰 새들의
행로에 끼어
힘겹게
바람의
이유를
읽기도 하였던 건
세상이
하나의
새장이었기
때문이었는지 몰라

새들이 날아가버리고
난 뒤에야
무언가를 거우 알아차리게 되는
경우도 많았다네

내가 남보다
더 큰 산인 이유일 때도 있었어

(술꾼들이

돌아간

술청에

주저앉아

취기醉氣는

바닥을 치거나

웃거나

울지도

몰라)

세상이 한 칸의 주막일 수도 있었다는 이유처럼 말이지.

정윤천　전남 화순 출생. 〈무등일보〉 신춘문예 당선. 계간 『실천문학』 등단. 시집 『생각만 들어도 따숩던 마을』, 『흰 길이 떠올랐다』, 『탱자 꽃에 비기어 대답하리』, 『구석』, 『발해로 가는 저녁』 등. 시화집 『십만 년의 사랑』. 지리산 문학상 등 수상. 계간 『시와 사람』 편집주간.

다시 무등에 오르며

조진태

나는 시름을 털러 산에 간다
신바람 났던 간밤의 욕지거리들,
조금은 미안해져서 다소곳이 산에 간다
세상 사는 것들에게 안녕하다고
세상은 별 탈 없다고

나는 어처구니없는 순간들을 잊으러 산에 간다
사랑하는 사람에게서 절망하고서는,
정말 알 수 없었던 어떤 날의 슬픔과 분노를 떠올리고서는,
마음을 진정시키러
사는 것은 다 그런 것이라 숨 한 번 돌리러

그렇게 많은 시절들을 산에 올랐다
혹은 맑은 날에
혹은 추적추적 계절을 바꾸는 비가 내리는 날에
혹은 게바라가 치켜들고 놓지 않으려 했던 깃발 같은
별과 초승달이 하얗게 길을 밝히던 혼돈의 밤에

누군가에게는 반드시 희망을 주었을 것이다
누군가에게는 반드시 그리움을 갖게 하였을 것이다

누군가에게는 정말 틀림없이
미처 깨닫지 못한 수많은 나무의 흔적을 담아가게 하였을 것이다
침묵하는 법을 가르쳐 주었을 것이다

잔설을 머리에 이고도 푸르게 하늘을 받치고 있는
12월 31일의 무등산
그렇게 꼭 한번은 모든 것을 새롭게 시작하라고 오는
1월 1일의 무등산
그러나 오늘은 나하고만 일대일로 소곤거리는
산, 저 산을 바라보며
나는 산에 간다 무등산에 간다

조진태 1984년 시 무크지 『민중시』 1집에 「어머니」, 「우리들이 살아가는 것은」 등을 발표하며 등단했다. 시집 『다시 새벽길』, 『희망은 왔다』. 5·18기념재단 상임이사.

무등산

최기종

광주에서 그가 말했다
어릴 적에
광주의 산이란 산은 모두가 무등산으로 알았다고
해도 달도 별도 거기에서 뜨고 지는 것으로 알았고
물도 바우도 구름도 거기에서 내려오는 것으로 알았다고

금남로 4가역에서 그가 말했다
모든 큰 소리는 무등산에서 들려왔다고
새소리도 물소리도 밤소리도 거기에서 들렸다고
북소리도 트럼펫소리도 오포소리도 거기에서 들려왔고
독경소리도 함성소리도 울부짖음도 거기에서 들려왔다고

송정리에서 소를 끄는 무등을 보았고
양동시장에서 품을 재는 무등을 보았고
용봉동에서 음률을 고르는 무등을 보았으며
산수오거리에서 붓대를 잡은 무등을 보았다고
모든 평평한 것들은 거기에서 높아지는 것이었고
모든 드높은 것들은 거기에서 낮아지는 것이었다고

석양을 뒤로하고 그가 말했다

아직도 그때처럼

광주의 산이란 산이 무등산이었다고

세계의 산이란 산이 무등산이었다고

상서로운 모든 것들이 무등이 주는 선물이었고

상처 입은 모든 것들이 무등이 주는 시련이었다고

최기종 1992년 교육문예창작회지 『대통령의 얼굴이 또 바뀌면』으로 작품 활동 시작. 시집 『나무 위의 여자』, 『슬픔아 놀자』, 『목포, 에말이요』 외. 전남민예총 전 회장, 목포 작가회의 자유실천위원장.

무등

황지우

山
절망의 산,
대가리를 밀어버
린, 민둥산, 벌거숭이산
분노의산, 사랑의산, 침묵의
산, 함성의산, 증인의산, 죽음의산,
부활의산, 영생하는산, 생의산, 희생의
산, 숨가쁜산, 치밀어오르는산, 갈망하는
산, 꿈꾸는산, 꿈의산, 그러나 현실의산, 피의산,
피투성이산, 종교적인산, 아아너무나너무나 폭발적인
산, 힘든산, 힘센산, 일어나는산, 눈뜬산, 눈뜨는산, 새벽
의산, 희망의산, 모두모두절정을이루는평등의산, 평등한산, 대
지의산, 우리를감싸주는, 격하게, 넉넉하게, 우리를감싸주는어머니

황지우 1952년 전남 해남 출생. 1980년 〈중앙일보〉 신춘문예 입선과 「대답 없는 날
들을 위하여」 등을 「문학과지성」에 발표하여 등단. 시집 「새들도 세상을 뜨는구나」,
「겨울-나무로부터 봄-나무에로」, 「나는 너다」, 「게 눈 속의 연꽃」, 「저물면서 빛나는
바다」, 「어느 날 나는 흐린 酒店에 앉아 있을 거다」 등. 김수영문학상. 현대문학상. 소
월시문학상 등 수상.

시 속에 살아 있는 무등산,
무등산에 깃들어 있는 시

백수인_ 시인

　무등산은 광주의 진산이다. 무등산은 그 모습에서 여러 특징과 개성을 갖추고 있지만 대표적인 것은 단연 '주상절리'라고 부르는 거대한 돌기둥이 산 정상에 즐비하게 서 있는 경관일 것이다. 이 특이한 형태의 돌을 고유어로 '무돌'이라 부르고, 이 '무돌'이 있는 산의 명칭을 '무돌뫼'라고 했을 것으로 짐작한다. 이 '무돌'의 의미를 한자로 바꾼 것이 상서로운 바위라는 뜻의 '서석瑞石'이므로 옛 문헌에는 이 산을 '서석산'으로 지칭하는 경우가 가장 많다. 광주의 옛지명인 '무진악武珍岳', '무진주武珍州'의 '무진'도 '무돌'의 음차로 봄이 타당할 것이다. '무등산無等山'이란 이름이 역사에 처음 등장한 문헌은 '고려사'라고 한다. 현대에 와서는 '무등산'으로 그 명칭이 고착되었지만, '무등산'의 '무등' 또한 '무돌'을 한자어로 바꾸면서 불교 사상이 깃든 의미로 음차하여 썼을 것으로 추정한다.

　　산이 높아 그대는 무등인가
　　사람이 어리석어 나는 무등이라네

높은 것과 어리석은 것 비록 다를지라도

그대와 나, 다 같이 무등이라네

山屹君無等 人愚我無等 屹愚雖不同 君我俱無等

— 정지반(鄭之潘, 1464~1517), 「서석을 유람하며(遊瑞石)」

  15~16세기의 문인인 정지반의 무등산에 대한 한시이다. '무등'의
의미를 생각하게 하는 작품이다. '높은 것'과 '어리석은 것'이 다 무등
이라는 것은 '등급과 차별이 없는 평등 세상'이라는 의미로 읽힌다.
무등산을 노래한 백제 시대의 「무등산가」는 본문은 알 수 없고 제목
만 전하고 있다. 일종의 태평가일 것이라고 추정하고 있다. 한시로
는 고려시대 대각국사 의천義天(1055~1101)의 「서석산 규봉사에 시
를 남기다(留題瑞石山圭峯寺)」, 나옹선사懶翁禪師(1320~1376)의 「무
등산 석실石室無等山」이 전해온다. 조선시대에는 호남의 시인뿐만 아
니라 수많은 전국의 학자, 문인들이 한시로 무등산을 읊었다. 무
등산에 대한 한시를 남긴 대표적인 시인들은 김종직(1431~1492),
김시습(1435~1493), 박상(1474~1530), 송순(1493~1583), 임
억령(1496~1568), 이황(1501~1560), 김인후(1510~1560), 노수
신(1515~1590), 박순(1523~1589), 기대승(1527~1572), 고경명
(1533~1592), 이순인(1533~1592), 송익필(1534~1599), 임제
(1549~1587), 위백규(1727~1798), 정약용(1762~1836) 등이다. 이
들은 당대의 사상과 역사를 바탕으로 한 시심의 눈으로 무등산을 바
라보았다. 한시에 이어 현대에 와서도 무등산은 역시 바라보는 사람
에게 아득한 서정적 여운을 주거나 시적 감흥에 젖게 하거나 무언가
의미 깊은 메시지를 주기도 한다.

  이번 시집은 현대 시인들의 시 속에 비친 무등산의 외형적 또는

정신적 모습을 한 곳에 모으는 일이다. 이 시집은 현대 시인들이 만들어 낸 무등산에 대한 시적 상징과 통합적 의미를 통해 무등산의 모습을 다각적으로 볼 수 있는 계기를 마련할 것이다. 현대 시인들에게 있어서 무등산은 체험 공간으로서의 서정을 노래하기도 하지만, 소재적 측면을 넘어 온갖 간난신고와 다양한 환희 순간을 등에 지고 역사의 고개를 넘어가는 시인들의 마음을 되새기기도 하기 때문이다.

> 착한 사람 더욱 착하게 하고
> 용맹한 사람 더욱 용맹케 하고
> 부끄런 사람 더욱 부끄럽게 하는
> 어머니 같은 어머니 같은
> 저 무등을 바라보면
> 고향을 떠나본 사람은 알리라.
>
> — 조태일, 「무등산 – 國土78」

조태일은 무등산을 '착함', '용맹', '부끄럼'을 가르쳐주는 '어머니' 같은 산이라고 보았다. 특히 무등산이 '어머니' 산이라는 것을 무등산 아래 사는 사람보다는 "고향을 떠나본 사람은 알리라"라고 한다. 이처럼 무등산을 '어머니'로 느끼고 의지하는 산으로 받아들이는 시인들은 많다. 황지우도 무등산을 "우리를감싸주는, 격하게, 넉넉하게, 우리를감싸주는어머니"(「무등」)라고 했고, 박선욱은 "가만가만 밤새 물레를 돌리다가도/찬 새벽 푸른빛 퍼 올려/하룻날 햇귀에 뿌려주는/무등등 무등등등 우리들의 어머니 산"(「무등산」)이라고 외치고 있다. 또한 "우리가 오르고 오르다가 지쳐 있을 때/어느새 우리에게 성큼 다가와/따스하게 이마 짚어주는 무등산"(이상인, 「늘 이마 짚어주는 무등산」)이라고 노래한 것처럼 무등산은 어머니의 따스한 손을 가진 존재로 느낀다. 또한 "칼 위를 걷는/성한 데 없는 몸뿐일 때/꺾여도 꺾여도 고개를 다시 꿋꿋이 쳐드는 무등은/조그만 실패 하나로 주저앉으려던 나를/번쩍 안아 일으킨다"(박몽구, 「무등 혹은 우리들 마음의 기둥」)고 하여 무등산은 좌절하는 자에게 용기를 불어넣어 주는 산이기도 하다. "그렇구나, 우리의 무등은/금남로, 충장로에서/제봉로, 죽봉로에서/광천동, 양동의 거리에서/고개 숙인 이들에게 사랑의 손길을 주시며//길을 나선 이들의 숨결로 흐르는 광주천에도/갑오년의 노래가 흐르는 황룡강에도/시절 염원으로 흐르는 극락강에도/말 없는 사연만 모여든 영산강의 물길 위에도/평화의 따뜻한 눈길을 내어주시는구나"(김수, 「무등의 노래」)에서처럼 무등이 품어 안은 대상은 광범위하다.

무등산은 실제로 광주와 화순과 담양에 걸쳐 넓은 영역을 가지고 있다. 그렇지만 정신적으로는 광주 전남의 전 영역으로 확장해 있다고 본다. 따라서 무등산에 깃들어 있는 작은 부분을 전체로 확산하여 그 의미를 부여하기도 하고, 무등산과 관련된 인물을 되살리거나 추억하기도 한다.

눈썹 허연 의도인毅道人이 혼자 앉아

춘설차春雪茶를 따른다.

차 따르는 소리가 병풍 속으로 길을 내고

어디서 새가 운다.

－ 강인한, 「무등설청無等雪晴」 중에서

오를 언덕마저 없는,

저 산은

오래도록 그려도

끝내기 어렵겠다

도무지 한 폭의 그림이 나오지 않는 날

나른한 무등에 오른다

－ 고선주, 「무등의 화가 －춘설헌에서」 중에서

    강인한은 무등산에서 '의도인'과 그가 빚어내 음용하기를 즐겼다는 '춘설차'를 떠올린다. '의도인'은 한국화가 허백련許百鍊(1891~1977)이 만년에 사용했던 아호이다. 그는 우리 미술사에서 큰 인물로 평가되는 한국화가이다. 해방 이후 무등산 증심사 골짜기에 터를 잡고 작품 활동을 했고, 여기에서 훌륭한 제자들을 배출해 냈다. 그는 1947년에 농림기술학교를 세웠고, 다원茶園과 농장을 하면서도 도인풍道人風의 생활 속에서 전통적인 남종화를 그렸다. 그런 연유로 무등산에는 '의도인'의 자취가 짙게 묻어 있다. 따라서 강인한은 "눈썹 허연 의도인毅道人이 혼자 앉아//춘설차春雪茶를" 따르는 이미지, 또한 그 "차 따르는 소리가 병풍 속으로 길을 내"는 이미지와 "어디선가 새가" 우는 이미지를 결합하여 무등산의 모습을 공감각적 이미지로 그리고 있는 것이다.

고선주의 시에서의 '무등의 화가'도 의재 허백련을 가리킨다. 시 속의 화자인 허백련은 "무등을 힘겹게 끌어다/화면으로 옮겨 놓았다"고 고백한다. 그는 "무등으로 살았으면서" '직선'과 '곡선' 사이에서 고뇌하고, '추상'과 '구상', 그리고 '반구상'의 사이에서 "오묘한 시간들"을 보낸다. 무등산은 그에게 "오래도록 그려도/끝내기" 어려운 산이라는 것이다. 이처럼 무등산과 관련된 인물을 통해 무등의 정신을 노래한 다른 시인들도 많다.

"살인마 전씨에게 국회의원 명패를 던지며 항의하던/그 사람은 이제 세상에 없지만/그 발자취를 따라 당산나무 쉼터에 앉아본다"는 오미옥(「무등산에서 만난 사람」)의 시는 '노무현길'을 걸으며 그를 사념한다. 아울러 그의 시는 "고추를 따고 있는 어머니의 밭으로 가고 싶다 했던/푸른 옷의 수인"이었던 시인 김남주를 회상하기도 한다. 나종영도 "무등산은 5·18 구묘역 김남주 시인 묘에 절을 하고/몇 걸음 나와 출렁이는 이팝나무 잎사귀 사이로 봐야 가장 처절하다"(「무등산은 어디서 보아도」)고 하여 김남주의 생애에 무등산의 처절한 모습을 오버랩시키고 있다.

문순태는 「무등산 가는 길」에서 그의 스승인 다형 김현승을 만난다. "선생님께 인사하고/이슬 깔고 앉은 나는/첫사랑 맛이라며/시인이 내게 처음 사주었던/칼피스 생각에 그만 목이 탔다"고 술회한다. 김영진은 "허공에 부채 활짝 펴 흔들면/세찬 바람이 불고/장정이 모여 들었다는 무등산 의병길"(「바람 무덤」)에서 충장공 김덕령 장군의 의병 정신을 기린다. 의병 김덕령 장군도 무등산이 품고 있는 큰 인물 중 하나이기 때문이다. 오성인은 "무등 자락, 이곳에선 누구나 바람이 길이고/길이 혁명이라는 것을 알게 된다//산과 삿갓이 한통속이듯//걸어온 길은 모두 바람/안에 있다"(「청풍에서 – 김삿갓을 추억함」)고 노래한다. 이는 무등산 자락에서 쓸쓸히 생을 마친 조선시대의 방랑시인 김삿갓을 추억함이다. 이창수는 "무등산 고개 넘다" "김삿갓이 썼다는 樂山樂水라고 적힌 비석"을 보며 무등산을 주유했을 그를 떠올린다.

이효복은 "무등산 자락 규봉암 아래 초로의 집 한 칸 들여/무등인이 된 나의 스승"(「무등산에는 나의 은사가 산다」)이라고 하여 자신의 은사 송문재를 무등산과 동일시하기도 한다. 그토록 존경하는 은사는 "평생을 평교사로 교단을 지키며/참교육에 앞장서"온 교육자이기 때문이다.

70년대 후반까지 무등산 기슭에는 이른바 '무당촌'이 있었다. 오갈데 없는 도시빈민들이 모여 사는 곳이었다. 70년대 개발독재가 한창이던 때에 이 마을을 강제 철거하는 과정에서 철거반원들의 무자비한 행위에 항의하던 중 벌어진 이른바 "무등산 타잔 박흥숙" 사건이 발생했다. 박흥숙은 철거반원 4명을 살해한 죄목으로 형장의 이슬로 사라졌다. 이 사건도 무등산이 품고 있는 서글픈 역사의 한 페이지이다. 범대순은 이에 대해 "무당촌 마지막 무당은 젊은 박흥숙이었다/광주교도소에서 교수형을 당한 사람이다/그 사연을 말하기엔 마음이 너무 아프다"(「무당촌」)고 토로한다. 고성만도 "가난한 어머니를 안아줄 수 없는 세상이 원망스러웠던 가요/청춘의 열혈 토할 수 없는 시대에 대한 분노였을까요/억새 우거진 산에 불을 질렀지요/절대로 용서받을 수 없는 살인자가 되어/무릎에 얼굴을 묻고/울었지요"(「박흥숙을 위하여」)라며 안타까워한다. 박흥숙도 역사가 되어 무등산의 품에 안겨 있다.

1989년 5월 무등산 제4수원지에서 조선대 교지 편집위원장 이철규(당시 25세, 전자공학과 4학년)가 변사체로 발견된 사건이 있었다. 이철규는 1985년 반외세독재투쟁위원회 활동과 관련해 국보법 위반 혐의로 구속되었다가 1987년 가석방 되었고, 이후 전횡을 일삼던 조선대 재단을 몰아내는 데 앞장선 인물이었다. 당시 그는 조선대 교지 『민주조선』에 〈미제 침략 100년사〉를 게재해 국가보안법 위반 혐의로 광주 전남지역 공안합수부에 수배 중이었고, 현상금 300만 원에 1계급 특진이 걸려 있는 상태에서의 그의 죽음에 많은 논란이 일었다. 조성국이 그의 시에 서술한 "일 계급 특진에다 현상금 두둑한 지명수배 받고 후다닥 쫓겨 뛰며/숨 가쁜 청년"(「둥근 비상구」)이 바로 이철규이다. 이도윤은 이철규가 변사체로 발견된 그 사건을 "한젊은이가죽었다수배된한대학생이죽었다이철규라는조선대학교학생이물에빠진채로죽어있었다한쪽눈알이튀어나오고시뻘겋게정지되어검게그을린채눈을부릅뜨고누워있는철규를맨처음본것은수원지개였다나 하늘에떠있는별이었다나"(「눈알을 파먹은 물고기」)라고 회상하고 있다. 의문사로 끝이 난 이철규도 무등산이 안고 있다.

무등산은 자신의 발아래 광주가 견뎌온 현대사의 질곡을 묵묵히 바라보며 존재하고 있고, 그 아래 살아가는 사람들은 무등산을 쳐다보며 위로를 받기도 하고 의지를 다지기도 한다. 특히 1980년 오월을 지나면서 시인들에게 무등산은 정의롭고 민주적인 사회를 만들기 위해 독재 권력과 싸우는 투쟁 정신을 돈독하게 다지게 하는 산이 되었다.

올라도 올라도
다 못 오르는 산
두 눈이 이르는 하늘 끝
두 팔 벌려 안아도 안아도
끝끝내 다 안을 수 없는 산

백 번 천 번 불러 보아도
일편단심 뜨거운 마음
아무리 소리쳐 울어 보아도
끝끝내 다 차지할 수 없는 산
무등산은 평등과 자유
동서남북 두루 열린
무문대도의 큰 덕산이다.

그 소재지를 물으면
나는 모른다 하리라
그 높이를 물으면
나는 더욱 모른다 하리라

(중략)

누가 감히
무등산을 다 오른다 하리요
올라도 끝내 다 오를 수 없는 그 높이에서
안아도 끝내 다 안을 수 없는 그 품속에서
천년 응어리진 잿빛 어둠을 찢고
한 마리 자유의 불새가 날개를 편다.

– 문병란, 「무등산」 중에서

문병란은 무등산을 인간이 함부로 도달하거나 달성할 수 없는 존
재로 인식하고 있다. 그에게는 "올라도 올라도/다 못 오르는 산"이며

"두 팔 벌려 안아도 안아도/끝끝내 다 안을 수 없는 산"이 무등산이다. 그는 "무등산은 평등과 자유/동서남북 두루 열린/무문대도의 큰 덕산"이라고 한다. 그 큰 덕산 무등산의 품속에서 "천년 응어리진 잿빛 어둠을 찢고/한 마리 자유의 불새가 날개를 편다."고 한다. 문병란은 결국 무등산이 날개를 펴 날아오르는 "자유의 불새"이기를 갈망하고 있는 것이다. 현실의 무등산은 "날지 못하는 기다림의 깃털을 부풀리며/저만의 크기로/아주 오래 숨죽여 울고 있"(임동확, 「불새」)기 때문이다. 같은 맥락에서 김호균은 무등산을 "모두를 위한 밥이 될 때까지/끓고 있는 솥,//뜸을, 뜸을 들이고 있는 압력이 냉갈을 나게 하는 솥이다"(「무등산」)라고 한다. 이는 무등산이 무한한 폭발을 예견하는 압력으로 끓고 있는 우리들의 양식으로 간주하고 있는 것이다. 나해철에게 무등산은 "용솟음의 불덩이를 갈무리한 채로도/다만 소리 없이 숲과 바람, 벌레를 키우며/참고 견디며 끝끝내 기다리던 분화구"(「우리들의 무등」)인 것이다. 김희수도 "저 깊은 어둠 깨우고파서/골짜기 내려오는 산 물줄기에/그 시절 꽃잎 진 혼을 씻고/맘대로 울지 못하던 무등!//오호 헛되지 말거라/네 발등에 묻은 핏자국/헛되고 헛되어 모든 것 헛될지라도"라고 노래하여 "그 시절 꽃잎 진 혼"이 결코 헛되지 않기를 기망한다.

산은 무등산 그대가 앉으면 만산이 따라 앉고
보라
산은 무등산 그대가 일어서면 만파가 일어선다
무색해선가
이른 아침부터 솟아오르던 찬연한 태양도
구름 뒤로 숨고 그대가 서 있다

무등산 상상봉에 투쟁의 나무가

– 김남주, 「무등산을 위하여」 중에서

김남주는 "그대가 앉으면 만산이 따라 앉고", "그대가 일어서면 만
파가 일어선다"고 하여 무등산이 세상 만물에 대한 지휘력과 모든 존
재를 다스리는 능력을 가지고 있는 것으로 본다. 이는 무등산을 민
주와 자유를 쟁취하기 위한 투쟁에서의 선구적 역할을 담당하는 지
도자의 상징이라 여긴 것이다. 그래서 그의 관점에서는 "무등산 상
상봉에 투쟁의 나무가" 서 있다. 김종숙은 이를 "광주가 화순이 불의
를 보고 절대 묵과하지 않는 성미를 지닌 것, 끝내 자유를 노래하는
것,/순전히 無等의 눈을 가진 까닭/탕탕평평,/無等한 정신을 가진 까
닭"(「광주, 무등산」)으로 보고 있다. 무등산은 "자비를 가부좌한 부처
를 만나는 산/사랑을 우러르는 예수를 만나는 산/최시형을 만나 새
민족혼을 깨우는 산"(이민숙, 「아침산」), 즉 신성한 산이다. 그렇지만
1980년 5월을 지나면서 광주의 민중과 무등산은 하나가 되었다. 이
는 신성함이 무너졌다는 의미가 아니라 신성함과 일상의 합일을 뜻
하는 것이다.

내가 가는 길을 잃었을 때
내게 가는 길을 보여주고
내가 노래 부르고 싶을 때
내게 노래를 불러주는 산
내가 먼먼 나를 찾아갈 때
하늘 땅 사람이 하나이듯
내게 손짓해 오는 산 무등!

오늘도 나와 같이 걷는다!!

– 김준태, 「무등無等을 향하는 연가」 전문

김준태에게 무등은 이미 자아와 합일한 존재이다. 그에게 무등은 "내가 길을 잃었을 때" "가는 길을 보여주고", "내가 노래 부르고 싶을 때" "노래를 불러주는" 존재이다. 그는 삶의 궁극의 길을 "먼먼 나를 찾아"가는 과정으로 보고, 그 길에서 깨달은 것은 "하늘 땅 사람이 하나"라는 사실이다. 그 천지인 합일의 경지에서 볼 때 "내게 손짓해 오는 산 무등은" 결국 자아인 것이다. 따라서 그에게 무등산은 "나와 같이 걷는" 삶의 동반자요, 반려자요 또한 궁극적으로는 자기 자신의 상징이 된다.

박두규는 "세속世俗의 경계를 지우는 것부터가 무등無等의 시작이었다. 경계가 지워지는 자리에 입석과 서석이 들어서고 사람들은 자신도 모르는 무등無等의 높이를 살았다. 오월이 그렇게 갔고 오월은 또 이렇게 왔다."고 술회한다. 무등산과 광주는 이미 '성속聖俗'의 경계 없이 하나가 되어 있다. 이제 "집안 곳곳에 마련해둔 직박구리 새 집에/입석대도 서석대도 먼 길 떠난 열사들 정신까지/갈바람처럼 들어앉길"(박현우, 「송백의 둥지」) 갈망하고 있다.

무등산은 묵묵히 앉아 기나긴 역사를 가슴에 품고 있고, 사람들은 그 가슴에 깃들어 한 시대를 살아가고 있다. 그 역사와 삶이 시인들의 시 속에 스며들어 있고, 그 시들이 모여 무등산이 된다. 무등산은 말한다. "푸지고 푸진 것들 품 안에 힘껏 보듬고 사는, 높거나 낮거나 좋거나 나쁘거나 하는 등급이 없는 무등無等이올시다./아, 무엇보다도 저 아래 피어난 오월 딸기꽃 숨소리까지 듣고 있는 난,/나는 산이올시다."(박상률, 「무등의 말」)라고.

시로 읽는 무등산

오늘, 우리들의 무등은

초판1쇄 찍은 날 | 2021년 12월 28일
초판1쇄 펴낸 날 | 2021년 12월 30일

엮은이 | 오월문예연구소
편집위원 | 나종영, 조성국

펴낸곳 | 문학들
등록 | 2005년 8월 24일 제2005 1-2호
주소 | 61489 광주광역시 동구 천변우로 487(학동) 2층
전화 | 062-651-6968
팩스 | 062-651-9690
전자우편 | munhakdle@hanmail.net
블로그 | blog.naver.com/munhakdlesimmian

값 12,000원
ISBN 979-11-91277-37-1 03810

• 이 책은 광주광역시 GWANGJU CITY · 광주문화재단의
  2021년도 지역문화예술육성지원사업으로 지원받아 발간되었습니다.